光文社文庫

文庫書下ろし／長編時代小説

# 香り立つ金箔

はたご雪月花㈢

有馬美季子

JN031913

光　文　社

この作品は光文社文庫のために書下ろされました。

目次

# おもな登場人物

里緒……………浅草山之宿町にある旅籠「雪月花」の女将。
お竹……………旅籠「雪月花」の仲居頭。
吾平……………旅籠「雪月花」の番頭。
お初……………旅籠「雪月花」の仲居。下総船橋の漁師の娘。
お栄……………旅籠「雪月花」の仲居。武州秩父の百姓の娘。
幸作……………旅籠「雪月花」の料理人。
盛田屋寅之助……口入屋「盛田屋」の主。
山川隼人………南町奉行所定町廻り同心。
半太……………山川隼人の配下。
亀吉……………山川隼人の配下。
杉造……………山川家の下男。
お熊……………山川家の下女。

# 香り立つ金箔

はたご雪月花

# 第一章　桜の木の下

一

澄み渡る空の下、江戸の町は深い喪失感に包まれていた。

文化《ぶんか》三年（一八〇六）、弥生《やよい》七日。浅草《あさくさ》は山之宿町《やまのしゆくまち》にある旅籠《はたご》〈雪月花《せつげつか》〉では、女将《おかみ》の里緒《りお》をはじめ番頭や仲居、料理人たちは皆笑顔で働いていたが、誰も心の内は複雑であった。

四日の正午頃に芝《しば》の車町《くるまちよう》で出た火が、高輪《たかなわ》・田町《たまち》から数寄屋《すきや》橋御門内外、京橋《きようばし》、日本《にほん》橋、浅草の東本願寺《ひがしほんがんじ》の辺りまで焼き尽くしたからだ。後に江戸の三大大火の一つに数えられることになる、丙寅《ひのえとら》の大火である。坤《ひつじさる》（南西）の烈風に吹かれて燃え広がり、翌五日の七つ（午後四時）頃に大雨が降ってようやく鎮まった。

この火事による焼失家屋は十二万戸以上、死者は千二百人以上となったが、雪月花とその周辺は無事であった。

四つ（午前十時）頃にお客たちを送り出すと、里緒は半纏《はんてん》を羽織ったまま帳場で一息ついた。藍染《あいぞめ》の半纏の衿《えり》には〈雪月花〉と旅籠の名が、背中には雪と月と花を組み合わせた屋号紋《やごうもん》が、染め抜かれている。里緒は客を迎え入れる時と見送る時は、旅籠の名と紋が入ったこの半纏を必ず羽織るようにしていた。

帳場でお茶を啜《すす》る里緒に、仲居頭《なかいがしら》のお竹《たけ》が話しかけた。

「このような時にも泊まってくださるお客様がいるのは、ありがたいことですね」

「まあ、いつもの半分ぐらいだがな」

番頭の吾平《ごへい》は眼鏡をかけ直して、大福帳《だいふくちょう》を眺める。里緒は澄んだ声を響かせた。

「このような時だからこそ、心の籠《こも》ったおもてなしをしなくてはね。お客様方を不安な気持ちにさせてはいけないわ。火の元にも十分、気をつけましょう」

「心得ました」

日当たりのよい帳場の中で、三人は頷《うなず》き合った。

町には、火事の爪痕《つめあと》が生々しく残っている。明るい色の着物には袖を通す気になれず、里緒はこのところ紺色の着物ばかり纏《まと》っていたが、落ち着いた雰囲気に見えるようで、お客たちには評判がよかった。

帳場を出て、裏口に回って庭を覗《のぞ》くと、若い仲居のお栄《えい》とお初《はつ》が洗濯に励んでいた。

「お疲れさま。精が出るわね」

「あ、はい。急いで片付けてしまいます」

二人とも潑剌《はつらつ》とした声で答える。若い仲居たちの笑顔を見ると、里緒の気分も晴れた。

次には板場を覗く。料理人の幸作《こうさく》が、碗や皿を洗っていた。

「お疲れさま。手伝いましょうか」

襷《たすき》がけをしようとする里緒に、幸作は慌《あわ》てて答えた。

「よしてくださいよ。これぐらいの洗い物、俺一人で十分ですんで。女将は少し休んでいてください。昨夜はお初ちゃんと一緒に火《ひ》の番《ばん》をなさったんでしょう」

雪月花で働く者たちには、火の番の役割がある。住み込みで働いている吾平・

お竹・お栄・お初が交替で務めていたのだが、大火が起きてからはより厳重にするため、毎日二人がかりで務めることにした。今までは毎日、一人の者が消灯の四つ（午後十時）から暁《あかつき》七つ（午前四時）まで火の番を務め、その者はその日は五つ（午前八時）近くまで眠っていてよいことになっていたが、ここ数日は当番の二人で相談して、時間の配分などを決めている。

これまで女将の里緒は火の番を務めていなかったが、里緒自らが望んで、加わることになった。もちろん吾平たちは止めたが、里緒が聞かなかったのだ。

――火事でたいへんなことになっているのに、私だけが呑気《のんき》になんてしていられないわ。せめてうちの火の番ぐらいさせてちょうだい。

里緒はそう言い張った。お淑《しと》やかな見た目ながら、なかなか強情なのだ。

そのような経緯《いきさつ》で、里緒は昨夜から今朝にかけて、お初とともに火の番を務めた。ちなみに雪月花で働く者のうち、幸作だけは住み込みではなく通いなので、火の番の役割はない。気遣いを見せる幸作に、里緒は微笑んだ。

「でも別に眠くもないし、大丈夫よ」

「大丈夫と口では言っていても、躰《からだ》はそうでないってことは、ありますからね。ほら、女将、ご自分の部屋でおとなしくしていてくださいい。俺、これから女将たちの昼餉《ひるげ》を作って、お客たちの夕餉の仕込みにも取りかからなくちゃならないんで」

幸作は有無を言わさぬ目つきで、里緒を見る。

「私が邪魔という訳ね」

「そこまでは言ってませんがね」

笑みを浮かべる幸作に、里緒は唇を尖《とが》らせる。里緒はぶつぶつ言いながら、板場を離れた。

自分の部屋へ入り、障子をそっと開け、小さな庭を眺める。ここを回れば裏庭へと繋《つな》がるので、鳥のさえずりとともに、お栄たちの声が微《かす》かに聞こえてくる。

この庭には、里緒が好きな椿《つばき》の木が植えられている。暑い季節には白い夏椿が、寒い季節には紅《あか》い冬椿が咲いて、艶《あで》やかな彩《いろど》りを楽しむことができる。夏椿のみずみずしい若葉を眺めながら、里緒は溜息をついた。

喪《うしな》われた多くの生命を思い、里緒の胸が痛む。里緒は障子を閉め、亡き父母と祖父母の位牌が置かれた仏壇の前で、手を合わせた。

——お亡くなりになった方々が、どうぞ安らかに眠れますように。怪我をされて手当てを受けていらっしゃる皆様が、どうかご無事でありますように。

里緒は熱心に祈ると、目を開けて大きな瞬《まばた》きをした。

里緒は齢《よわい》二十四。楚々《そそ》としながらも、しっかり者の美人女将と評判である。お客たちにはもちろん、雪月花で働く者たちからも頼りにされていた。

雪月花は里緒の祖父母の代、宝暦《ほうれき》五年（一七五五）から営まれており、創業五十一年になる。父親の里治《さとじ》と母親の珠緒《たまお》は、一人娘の里緒をとても可愛がって育ててくれた。

里緒は十七の頃から、雪月花で二親の手伝いをしていた。花嫁姿を見せることも叶わずに、不慮《ふりよ》の事故で二親が逝ってしまった時、里緒は悲しみに打ちひしがれた。そのような里緒を、雪月花で働く皆が励ましてくれたのだ。

――これからは里緒様が中心となって、この雪月花を守り立《も》てて参りましょう。それこそが、亡くなられたご主人様とお内儀《かみ》様への一番の手向《たむ》けとなります。

そう言ってくれた。

周りの者たちに支えられ、里緒は悲しみを堪《こら》えて、旅籠を守っていくことを、二親の仏前で気丈に誓った。

こうして里緒は雪月花の三代目の女将となり、皆と一緒に日々張り切っている。里緒は自分を支えてくれる雇い人たちを、とても大切に思っていた。彼らも里緒を慕っており、血は繋がっていなくても、今や家族のようなものである。数月前に、お初が行方《ゆきがた》知れずになるという危機があったが無事に乗り越え、里緒たちの団結力はいっそう増したのだった。

皆と力を合わせ、笑顔で奮闘する里緒だが、心の内には未だに深い悲しみが残っている。二親の死が本当に事故だったのか否か、不審な点が残っているからだ。父親の里治と母親の珠緒は、信州《しんしゅう》に湯治《とうじ》に出かけた帰り、板橋宿《いたばしじゅく》の王子《おうじ》稲荷の近くで骸《むくろ》となって発見された。その辺りは御府外となり、代官の調べによると、音無《おとなし》渓谷を見にいって足を滑らせたのだろうとのことだったが、里緒はなにやら解《げ》せなかった。両親は高いところが大の苦手で、とても渓谷を見にいくとは思えなかったからだ。

それを告げても代官は深く調べてくれることはなく、事故で片付けられてしまった。その釈然としない思いが、里緒の心にしこりを残し、未だに痛む。

里緒は二親の死の疑問について、知り合いの定町廻《じょうまちまわ》り同心《どうしん》である山川隼人《やまかわはやと》に相談しようと思いつつ、まだ話していなかった。お互いに忙しいこともあるし、隼人ならば話をちゃんと聞いてくれるだろうと思うと、却《かえ》って急いで話さなくてもよいような気がしてしまうのだ。

それに自分の勝手な憶測で、町奉行所の役人である隼人の手を煩《わずら》わせることになってしまっては、申し訳が立たない。二親の死に不審な点があるというのは、里緒の思い込みかもしれないからだ。

既に事故で片付けられていることを相談するのは、暗にもう一度調べてほしいと言っているようなもので、厚かましいのではないかと躊躇《ためら》う気持ちもあった。加えて、隼人をはじめ町奉行所の者たちは、火事の後始末で、今、非常に忙しい。このような時には、なおさら相談することはできなかった。

とはいえ、元来の推測好きが災いして、男に関しては冷めていた里緒が、隼人に心を開いていることは確かだ。隼人は齢三十三、里緒より九つ年上である。柳《やなぎ》腰《ごし》の里緒に対して、隼人はぽっちゃりと福々しく、なんとも温かみがある。隼人は、事実、女人にとてもモテるのだ。それもどういう訳か美女ばかりに。三枚目だけれど心優しい隼人には、女たちも和《なご》んでしまうのだろう。里緒もまた、そうであった。

色白ですらりとした里緒は、髪先から爪先にまで、美しさが行き渡っている。

顔は卵形、切れ長の大きな目は澄んでいて、鼻筋は通っているが高過ぎず、口は小さめで唇はふっくらとしている。目が大きな里緒は、白兎《しろうさぎ》に喩《たと》えられることがある。子供の頃から踊りを習っていたので、立《た》ち居《い》振《ふ》る舞《ま》いも麗《うるわ》しい。思いやりがあり、優しい笑顔の里緒は、美人女将と謳《うた》われている。

雪月花で働いている者たちは、里緒を含めて六人だ。

番頭の吾平は五十六で、雪月花に勤めて三十一年になる。商いに秀でており、躰も頑健《がんけん》で、皆から頼りにされていた。ずっと通いで勤めていたが、女房に先立たれ、子供も独立しているので、一昨年からは住み込みで働くようになった。里治が亡くなって雪月花に男手がなくなり、里緒が心細げだったからだ。吾平は、いざとなれば、この旅籠の用心棒代わりにもなる。

仲居頭を務めるお竹は四十三で、こちらも雪月花に勤めて二十年以上の古参である。背筋がすっと伸び、所作もきびきびとしていて、名の通りまさに竹の如き佇《たたず》まいだ。若い仲居のお栄とお初を指導しており、時に厳しく叱ることもあるが、いつもは温かく見守っている。

お竹は二十年前に所帯を持ち、暫《しばら》く通いで勤めていたが、十年ほど前に離縁してからは住み込みで働いている。離縁に至ったのは、どうやら元亭主の浮気癖が原因のようだ。

今では独り身の吾平とお竹は、夫婦となってはいないがいい仲で、里緒の親代わりのようなものである。里緒もまた、子供の頃から馴《な》れ親しんでいるこの二人を、とても信頼し、実の親のように慕っていた。

仲居を務めるお栄は十九で、雪月花で働くようになって四年目だ。武蔵《むさし》国は秩父《ちちぶ》の百姓の娘で、大柄で明るく、至って健やかである。お客の前では気をつけているが、気が緩《ゆる》むと自分のことをつい「おら」と言ってしまい、お竹に窘《たしな》められることがあった。

同じく仲居を務めるお初は十八で、雪月花で働くようになって三年目だ。下総《しもうさ》は船橋《ふなばし》の漁師の娘で、小柄で愛嬌があり、毎日てきぱきと働いている。数月前に怖い目に遭ったが、その時に受けた痛手もこの頃ではすっかり癒《い》えたようで、無邪気な笑顔が戻っていた。

この二人は部屋も一緒でとても仲がよく、休憩の時にお喋りに夢中になり過ぎて、お竹に叱られることもある。お栄もお初も素直な心を持っており、里緒は二人を本当の妹のように可愛がっていた。

料理人を務める幸作は二十九で、雪月花で働くようになって八年目だ。それまでは日本橋の料理屋で修業をしていた。腕がよく、幸作が作る料理は、雪月花の目玉になっている。里緒に褒《ほ》められると嬉しくて、さらに腕を磨こうとする。それでまた雪月花の料理の評判が、一段とよくなるのだった。まだ独り身の幸作は里緒に仄《ほの》かに憧れているので、褒められるとよけいに嬉しいのだ。

これらの面々が、ともに励まし合い、支え合い、雪月花を守り立てているのだった。

翌日の八つ（午後二時）頃、里緒は〈せせらぎ通り〉の人々と挨拶を交わしながら、雪月花の前を箒《ほうき》で掃いていた。

雪月花があるこの通りには、ほかに小間物《こまもの》屋、酒屋、八百屋、煮売り屋、やいと屋（鍼灸《しんきゆう》師）、筆屋、蠟燭《ろうそく》問屋、薪炭《しんたん》問屋、菓子屋などが並んでいる。傍《そば》を流れる隅田川《すみだがわ》のせせらぎが聞こえる通りゆえ、その名がついたようだ。

隅田川を挟んだ向かいには、向島《むこうじま》の長閑《のどか》な風景が広がっている。あちらも桜が満開だ。青空の下、向こう岸一面が、ぼんやりと淡い紅色に染まって見える。その景色は、大火によってもたらされた重々しい空気を和ませてくれるかのようだ。里緒は改めて、喪われた多くの命の冥福を祈った。

覚えのある声がして、里緒は振り返った。南町奉行所定町廻り同心、山川隼人が立っていた。里緒は箒を持つ手を止めた。

「お疲れさまです」

「無沙汰《ぶさた》をしていたな」

隼人は眩《まぶ》しそうに目を細めて、里緒を眺める。

「お忙しいと分かっております。お元気そうで安心いたしました」

「うむ。里緒さんも元気そうでなによりだ。……ところで相談があるのだが、ちょいと話を聞いてもらえねえかな」

「はい、もちろん。ここではなんですから、どうぞ中へお入りくださいませ」

「仕事中に悪《わり》いな。手短にするからよ」

里緒に微笑まれ、隼人は頭を掻《か》きながら雪月花へと入っていった。

大火の後始末で隼人ら奉行所の者たちが多忙であるということは、里緒も重々分かっている。この火事によって焼かれたのは、町数にして五百三十余、家屋は十二万六千余、諸侯《しょこう》藩邸八十三、寺院六十六、名のある神社二十余。その爪痕は大きく、皆で力を合わせて乗り越えようとしているものの、困窮《こんきゅう》して盗みを働く者が増え始め、物騒《ぶっそう》な世になりつつあった。それゆえ奉行所の者たちは市中見廻りにも余念がなく、多忙極まる日々を送っている。

隼人が玄関に入ると、吾平とお竹も出てきて、丁寧に迎えた。

「旦那、お久しぶりです」

「旦那の福々しいお顔を拝見しませんと、なんだか調子が出ないんですよ。お忙しいとは分かっておりますが、たまにはお顔をお見せになってくださいさい。……さ、どうぞ、女将のお部屋へ」

お竹が促すと、隼人は太い眉を掻いた。

「いや、今日はあまりゆっくりもしていられねえから、帳場でいいぜ。二人にも聞いてほしい話があるんだ」

吾平とお竹は顔を見合わせる。隼人の後ろで、里緒が二人に目配せをすると、吾平が頷いた。

「さようですか、旦那。ならば、どうぞこちらへ」

吾平は隼人を帳場へと通した。

お竹に出されたお茶を一口飲み、隼人は早々に切り出した。

「御救《おすくい》小屋を急いで建てて、困っている者たちのために、昨日から炊き出しを始めたんだ」

「そのようですね。この辺りですと、浅草寺《せんそうじ》の近くに建てられたと伺《うかが》いました」

　里緒が返すと、隼人は頷いた。

「そのとおりだ。江戸の十五箇所に建てたんだが、どこも人々が押し寄せて、ごった返している。飯を作って振る舞うにしても、人手が足りねえって訳だ」

「ただ飯をもらえるってんで、被害に遭った訳でもないのに押しかける奴もいるんでしょうな」

　吾平が苦い顔をする。

「まあ、いるだろうな。だがこっちも忙しくて、そういう奴をいちいち見つけて取り締まってはいられねえんだ。とにかく、御救小屋は、てんやわんやの状態って訳だ」

「下世話なことをお訊きしますが、振る舞う料理の材料などは、やはり奉行所持ちなのでしょうか」

　お竹の問いに、隼人は苦い笑みを浮かべた。

「まあ、そうだ。でも、力添えをしてくれる商人たちもいてな。今回も塩問屋、砂糖問屋、酒問屋、醬油問屋のおかげで、味付けに使われるものは殆《ほとん》ど事足りるようになったぜ」

「それはありがたいことですね」

里緒は目を見開く。吾平とお竹は膝を乗り出した。

「皆さん、ただで供するっていうんですか？　太っ腹だなあ」

「さすが、そういうお店《たな》は儲《もう》かっているんですねえ」

「まあ、少しは謝礼を渡すつもりではいるがな。いずれにせよ、皆、よく力添えしてくれるぜ。つくづく、ありがてえ」

里緒は隼人に微笑んだ。

「もちろん、私たちも力添えさせていただきます。できる範囲で、ですが」

隼人は里緒を見つめ、息をついた。

「さすが里緒さん、察しがよいな。……そういう訳だ。力添えしてもらえるなら、お願いしてえ。もちろんできる範囲で構わねえし、手が空いている時に、半刻《はんとき》(一時間)でも四半刻《しはんとき》(三十分)でもいいんだ。七日に一度、いや、十日に一度でも、ありがてえ。里緒さんたちには、料理を作って振る舞ってほしいんだ。この料理は絶品だからな」

「かしこまりました。是非とも、力添えさせていただきます。どのようなお料理がよろしいか、料理人と一緒に、よく考えますね」

「悪いな、里緒さん。いつも頼りにしちまって。恩に着るぜ」

隼人が深く頭を下げると、里緒は恐縮した。

「そんな……。困っていらっしゃる人たちが溢《あふ》れている時に、何もせずにいるのは、なにやら申し訳ありませんもの」

「うむ。里緒さんの優しさに、甘えさせてもらうぜ。塩、砂糖、酒、味醂《みりん》、醬油のほか、米と饂飩粉《うどんこ》も心配はねえから、よろしく頼む。魚や野菜も摂《と》ったほうがよいのだろうが、贅沢《ぜいたく》は言ってられねえし、御救小屋に集う者たちは取り敢えず腹が満たされればいいんでな。握り飯や、雑炊《ぞうすい》、饂飩などを作ってくれるにしても、具はなくても十分だ」

「かしこまりました。皆様が喜んでくださるお料理を、必ずお作りいたしますね」

隼人と里緒は微笑み合う。

「よろしく頼む。落ち着いたら、礼をさせてもらうのでな」

里緒は顔の前で手を大きく振った。

「そのようなことはどうぞお気遣いなく」

「いや、それではこちらの気が済まねえ。僅《わず》かしか渡せねえが、どうか受け取ってほしい」

「でも……」

里緒が躊躇《ためら》っていると、お竹がさりげなく口を挟《はさ》んだ。

「それで、いつ頃からお手伝いにいけばよろしいんでしょうか」

「うむ。それはそちらの都合に任せるが、明後日、塩問屋や砂糖問屋の主人たちが、炊き出しの様子を見にくると言っている。だからその時にちょいと顔を出してくれて、その者たちと挨拶してもらえると、こちらとしてもありがてえんだがな」

「なるほど、承知しました。では明後日、女将と私でご挨拶に伺います。実際に料理を振る舞うのは、それ以降になってしまうと思いますが」

吾平が答えると、隼人は大きく頷いた。

「それはもちろん構わねえ。こちらの勝手な都合でお願いしてしまった、急な話だ。すぐに料理を振る舞ってくれなんて、無茶なことは言わねえよ。別の同心たちも料理屋などに頼みにいっているから、ほかにも力添えしてくれる者たちは集まるだろう。皆で少しずつ手伝ってくれるだけでも、こちらは十分助かるんだ」

「困った時は助け合いが必要ですよね。うちだって、いつ他人様《ひとさま》のお世話になるか分かりませんもの」

お竹が息をつくと、吾平が声を強めた。

「おう、火の元にはくれぐれも注意しないとな」

「うむ。火事は怖《こえ》ぜ、本当に。里緒さん、気をつけてくれよ」

「はい。常に心がけて参ります」

里緒は背筋を伸ばした。

隼人は頼みごとを済ませると、長居せずに帰っていった。里緒は板場へ行き、幸作に炊き出しのことを告げた。

「なるほど、味付けの材料はすべて揃《そろ》ってるって訳ですね。米と饂飩粉も。まあ、ほかに材料がなければ、作れるものは限られちまいますね」

「それでいいみたいよ。手軽に振る舞えて、お腹がいっぱいになるようなものであれば」

「食べやすいものがいいっすよね」

「そうね。子供やお年寄りもいるでしょうから、誰もが食べやすくて、満腹になるもの。……案外、難しいかもしれないわね」

里緒と幸作が目を見交わす。

「まあ、いくつか考えてみますよ。しかし、塩とか醬油とか高価な砂糖まで供してくれるなんて、ありがたい話ですねえ」

「山川様たちも熱心にお仕事されているし、皆で力を合わせて、一日も早く江戸の町を元どおりにしたいものだわ」

「俺たちも張り切らなくちゃいけませんね」

「皆を元気づけるお料理、お願いしますね。幸作さん、頼りにしてます。あ、もちろん私も考えておくわ」

里緒に微笑まれ、幸作はほんのり頰《ほお》を染める。板場には、夕餉に使う出汁《だし》の匂いが漂っていた。

火事の爪痕がまだ生々しい頃でも、雪月花を訪れてくれるお客がいることは、ありがたかった。他国から来るお客たちの中には、大火の跡を見たいなどという野次馬《やじうま》根性の者もいたが、この時季は江戸の桜を目当てに訪れる者が多い。

雪月花の立地上、表に面した部屋では隅田川から向島の桜が、裏に面した部屋では浅草寺の桜が望める。どちらも見事な眺望なので、お客たちの期待に応えることができた。

毎年この時季に泊まりに訪れる、鎌倉《かまくら》の仏具屋の大旦那に、里緒自ら朝餉を出した。本日の朝餉は、ご飯のほかに、蕪《かぶ》の味噌汁、鰆《さわら》の塩焼き、筍《たけのこ》と蕗《ふき》の薹《とう》の炊き合わせ、蕪の漬物に海苔がついている。

大旦那は春の香りの炊き合わせを頬張り、顔をほころばせる。静かに味わいつつ、窓から望める桜に目をやり、ぽつりと呟《つぶや》いた。

「なにやら今年は少し悲しげにも見えるなあ」

里緒も桜を眺めた。

「確かに、そうかもしれませんね」

「まあ、すぐに散ってしまうという儚《はかな》さが、いっそう美しく見せているのかもしれないけれどね」

約束の日、里緒と吾平は八つ頃に、浅草寺近くの御救小屋へ向かった。御救小屋とは、災害などで家を失った者たちの仮小屋であり、そこでは食べ物も給された。千坪ぐらいの土地に半日ぐらいで建ててしまうのだ。

里緒たちが到着した時には、昼餉も既に終わっていて、皆、小屋の中で寝転んだり話したりしていた。誰もが疲弊《ひへい》しているようで、顔色が悪い。時折子供たちが大きな声を上げるものの、大人たちは皆ぐったりしており、重々しい空気が漂っていた。怪我をしている者も多くいる。

そのような光景を目にし、里緒はいたたまれない気持ちになる。吾平とともにしんみりしていると、隼人が問屋の主たちを連れてやってきた。この辺り一帯を取り締まっている町名主《まちなぬし》も一緒だった。

隼人は里緒たちに、初めに町名主を紹介し、次に各問屋の主人たちを紹介した。

「右から、塩問屋、砂糖問屋、酒問屋、醤油問屋の主人たちだ。こちらは、今回料理などを手伝ってもらうことになった、山之宿の旅籠、雪月花の女将と番頭だ。この事態を乗り越えられるよう、力添えし合っていってくれ。よろしく頼む」

里緒と吾平は、問屋の主人たちと挨拶を交わした。

塩問屋は〈岩田屋《いわた》〉、砂糖問屋は〈観見屋《かんみ》〉、酒問屋は〈伊崎屋《いざき》〉、醤油問屋は〈唐木屋《からき》〉といい、岩田屋と伊崎屋はこの近くに、観見屋は本所《ほんじょ》に、唐木屋は池《いけ》之端《のはた》に店を構えているとのことだった。

いずれの店も、ここ浅草の御救小屋だけでなく、日本橋や京橋に建てられた御救小屋にも供給していると聞き、その助け合いの志《こころざし》に、里緒と吾平は心を打たれた。

「自分たちの店で扱うものしか力添えできませんが、お役に立てれば幸いです」

問屋の主人たちは、そう言った。

吾平は酒問屋の伊崎屋の主人とは、顔見知りのようだった。伊崎屋は料理に使う酒と味醂の二種類を、供給してくれるという。

「とは言っても、米と饂飩粉ぐらいで料理をするのでしたら、酒や味醂はあまり出る幕はないかもしれませんが」

苦笑する伊崎屋の主人に、里緒は首を横に振った。

「そんなことはございません。ありがたいです。たとえば、けんちん饂飩を作るのでしたら、お酒と味醂は必要ですもの」

「おお、けんちん饂飩は喜ばれるでしょうな。鰹節問屋や近在の百姓にも力添えを呼びかけているようですから、出汁の素材や野菜が集まり始めたら、是非作ってください」

「かしこまりました。野菜などは、私どもも用意させていただくつもりですが、皆様と助けあえれば、それだけ多くの料理を作って振る舞うことができますから」

里緒は胸元に手を当て、頷く。砂糖問屋の観見屋の主人が口を出した。

「夏になると冷や水が売られるではありませんか。あれを作ってもらえれば、皆さん、喜ぶのではないでしょうかな。疲れている時には、甘いものはいいと思うのですよ」

江戸の町中で売られる冷や水とは、水に砂糖や白玉などを加えたものだ。醤油問屋の唐木屋の主人も口を挟んだ。

「白玉はなくても、水に砂糖を溶かしただけでも旨そうだな」

「ならば、砂糖水を配りませんか。それに塩も添えて。砂糖も塩も、疲れた躰には必要だと思います。料理だけでなく、飲み物からも摂れるとよいのでは」

塩問屋の岩田屋の主人の思いつきに、里緒は手を打った。

「そうですね。砂糖水を作って、配りましょう。皆様、きっと元気が出ますわ。……早速、作りましょうか」

やる気になる里緒に、隼人は目を瞬《しばたた》かせた。

「でも旅籠が忙しいだろう。今日は挨拶だけでいいんだぜ」

「いえ、この刻限はそれほどでもありませんから。半刻ぐらいは大丈夫です。えっと……お水は」

「あ、こちらにありますよ」

里緒は袂《たもと》から紐を取り出して襷がけをしながら、町名主の竹仲十三衛門《たけなかじゅうざえもん》に案内されて行ってしまう。呆気《あっけ》に取られる隼人に、吾平は肩を竦《すく》めた。

「うちの女将は淑やかなように見えて、思い立ったらすぐ動く性分《しょうぶん》なんですよ」

「いや、頼もしいぜ。いずれ男を尻に敷くな、あれは」

腕を組む隼人の傍らで、吾平は含み笑いをする。そこへ、岡っ引きの亀吉《かめきち》が、隼人を呼びにきた。

「旦那、来てください。巾着を切った切られたで殴り合いの喧嘩が始まっちまって、二人とも血だらけなんです。一人は死にかけておりやすし」

「よし分かった」

大きな躰を揺さぶって、隼人が駆け出す。このところ江戸の町は物騒なことが多発しているのだ。

ちなみに亀吉は齢二十五。岡っ引きの薄給の身でありながら女に食べさせてもらって気楽に暮らしている優男《やさおとこ》だが、仕事に対しては熱心である。隼人の忠実な手下の一人だ。

隼人が行ってしまうと、吾平は里緒を手伝った。里緒と吾平で作って配った砂糖水は好評で、一人一杯ずつと決めたにも拘わらず、お代わりしたがる者が続出した。

里緒は観見屋と岩田屋の主人に、礼を述べた。

「皆さん、とても喜んでくださいました。ご意見、ありがとうございました」

「いえいえ、作り方がお上手だったからでしょう。足りなくなったらまた持って参りますので、惜しみなくお使いください」

「うちもそうさせていただきますよ。塩は病も癒しますからね」

「私どもも同じ思いです。醬油も酒も味醂も、どんどんお使いください」

「ありがとうございます。よろしくお願いいたします」

里緒と吾平は問屋の主人たちに深く頭を下げる。町名主の竹仲が威厳のある声を響かせた。

「皆さんのお志、たいへん嬉しく思います。何か困ったことがありましたら、すぐに私にお報せください。速やかに対処させていただきますので」

里緒たちは竹仲にも丁寧に礼をし、雪月花へと戻っていった。

里緒は幸作と一緒に、炊き出しで振る舞う料理を考えた。

「砂糖を使っていいってのは、ありがたいっすね」

「そうね。やはり味にコクが出るもの」

砂糖は、その殆どを異国から取り寄せていた頃は非常に高価で薬扱いだったが、国内で生産されるようになり、近頃では庶民でも手に入るようになった。だが、それでも決して安価なものではなく、雪月花でもなるべく抑えて使っている。

「饂飩粉も揃っているなら、みたらし団子にしてみますか。饂飩粉だけで作るなら、みたらしすいとん、ってことですが。餡を作る時に片栗粉を使うので、それを饂飩粉にも混ぜて練れば、団子らしくなりますけどね。結構、旨いですよ」

「それはいいかもしれないわ。甘辛い味付けは、絶対に好まれるわよ。あそこにいる皆さん、毎日お粥ばかりみたいだもの。そのような味が恋しくなっている頃よ。どうせなら片栗粉も使って、もっちりさせましょう」

「じゃあ、そうしますか」

「ええ。さすが幸作さんだわ」

里緒に褒められ、幸作は照れつつも嬉しそうだ。

翌々日、里緒は、今度は幸作と一緒に御救小屋を訪れ、みたらし団子を振る舞った。その芳《こう》ばしい味わいと円《まろ》やかな食感に、皆、顔をほころばせ、取り合いになるほどだった。

「はいはい、押さないでくださいね！　すぐに作りますから。ちょっとお待ちください」

里緒は元気のよい声を上げ、幸作とともにてきぱきと料理をし、振る舞う。
隼人は見廻りの途中で足を止め、眺めていた。
――やはり里緒さんたちに頼んでよかったぜ。
どんよりとしていた御救小屋の空気が、晴れてきているのが分かった。

二

雪月花の二階には、お客用の部屋が全部で十ある。一階には里緒たちの部屋、皆で集まったりご飯を食べたりする広間、帳場、内湯、厠《かわや》などがある。広間には囲炉裏《いろり》を切ってあるので、寒い時季には鍋を楽しむこともでき、望まればお客に貸すこともあった。江戸の町では、内湯は表向きには禁じられていたが、暗黙の了解のように、お目こぼししてもらっている。その内湯と厠は、客用と里緒たち用に分かれている。客用の内湯と厠はまた、男用と女用に分かれていた。
この辺りには浅草寺をはじめ寺社が集まっているので、遠方から訪れた者たちが参詣の後に泊まることが多い。吉原《よしわら》にも近いので、やはり遠方から遊びにきた者たちが帰りに泊まっていくこともある。

隣の花川戸町《はなかわどちょう》は料理屋や居酒屋が多くて賑《にぎ》わっているところなので、そちらに遊びにきて帰りが遅くなってしまった者たちが訪れることもあった。

雪月花に一泊する代金は、二食に弁当がついて、一人おおよそ五百文《もん》だ。休憩の場合は一部屋百五十文で、これに人数分の料理代や酒代が加算される。旅籠では普通、朝餉と夕餉は出すが、昼餉は出さない。だが雪月花では、その日に発《た》つお客には、昼飯用に弁当を持たせることにしていた。この弁当がまた美味しいと評判で、客たちの間では雪月花弁当と呼ばれ、愛されているのだ。

雪月花に一泊する代金は、九尺二間《くしやくにけん》の裏長屋の一月分の家賃ほどだ。休憩で使うにしても、居酒屋で下《くだ》り酒三合《ごう》につまみ五品を呑み食いするほどかかる。お代をいただく以上は最善のもてなしをしようと、里緒は常に心がけていた。

いつもは活気に満ちた雪月花だが、火事があってからは些《いささ》か客足が減っている。それでも毎日半分以上は部屋が埋まるのはありがたいことだと、里緒たちは感謝していた。

火事から八日ほどが経った頃、隅田堤《すだづつみ》で騒ぎがあった。桜の木の下から、金色の髑髏《どくろ》が掘り起こされたのだ。そして雪月花の仲居のお栄が、その場に居合わせた。どうしてお栄がその時に隅田堤にいたかといえば、このような経緯であった。

火事から七日ほど経った日のことだった。雪月花を訪れたお客を見て、里緒をはじめ、お竹たち仲居も、目を瞬かせた。

――うわあ、大きい！

皆、口には出さなかったが、心の中で叫んだものだ。お客というのは、力士の二人組だった。二人とも丈《たけ》は六尺（約一八二センチ）、目方は四十貫《かん》（約一五〇キロ）近くあるように見える。堂々たる体軀《たいく》に里緒は驚きながらも、丁寧に礼をした。

「いらっしゃいませ。お泊まりでしょうか」

すると丸顔のほうの力士が答えた。

「そうしたいんだけれど、部屋は空いてるかい？」

「はい、ございます。お二人様でいらっしゃいますね」

「そうだ。火事のせいで大相撲が中止になっちまってさ。なんだかつまんねえなって、腐ってたんだ。時間も空いちまったし、ならば気分を変えてみるかと思って泊まりにきたって訳だよ」

今度は四角い顔のほうの力士が答える。

「さようでございますか。それでは私どもの宿で、存分にお寛《くつろ》ぎくださいませ」

里緒が笑顔で告げると、力士たちの顔もほころぶ。躰は大きいが、二人とも微《み》塵《じん》も怖さを感じさせず、人柄の好さが伝わってくる。

「ここは飯が旨いと聞いたんだ」

「炊き出しを手伝っているんだろう」

もう、そんな噂が流れているようだ。里緒とお竹は顔を見合わせた。

「はい。お力添えさせていただいております。うちのお料理を目当てにお越しくださったのでしたら、いっそう腕を振るってお作りいたしますね」

「そうしてくれると嬉しいぜ」

「まあ、俺たちは普通の客の三倍以上は食うと思うが、その分はちゃんと払うからよ」

「心配しないでくれ、女将」

力士たちはなんとも朗らかで気風がよく、里緒たちも和んでしまう。

お栄とお初がすぐにお湯を張った盥《たらい》を運んできて、せっせと力士たちの足を洗った。

「足もデカいだろう」

「はい。洗い甲斐《がい》があります」

お栄が元気よく答えると、雪月花の玄関に、力士たちの豪快な笑い声が響いた。お栄とお初もなにやら楽しそうだ。

そこへ、用事があって外に出ていた吾平が戻ってきて、目を見開いた。

「これはこれは、旦那方。いらっしゃいまし。ごゆっくりしてってください」

「おう、のんびりさせてもらうぜ」

力士たちは野太い声を揃えた。

彼らは両国《りょうごく》にある勝笠《かつかさ》部屋の関脇《せきわけ》で、丸顔の力士の四股名《しこな》は木曾川太朗《きそがわたろう》、四角い顔の力士は皆子山雷砲《みなこやまらいほう》といった。

二人を部屋へ通し、里緒が一階に戻ると、お竹が話しかけてきた。

「関脇なら、結構名高いお相撲さんなんでしょうね」

「そうね。もしかしたら錦絵《にしきえ》にも描かれていらっしゃるかも」

「二人ともなかなか男前ですからね。しかし女は気の毒だ。相撲を観てはいけない、なんて決まりがあって」

吾平が口を挟むと、里緒とお竹は大きく頷いた。

「あのような方々の取り組みって、迫力あるでしょうね」

「大きいですもんねえ。今宵の夕餉の支度は心してかかるよう、幸作さんに言っておきますよ」

「お出しするのは、どのようなものがよいのかしら」

里緒は顎《あご》に指を当て、小首を傾《かし》げる。

「鍋がいいかもしれませんよ。色んな具材を入れれば、たっぷり食えるでしょう」

吾平の考えに、里緒とお竹はぽんと手を打つ。

「さすが、吾平さん。早速、幸作さんに伝えておきますね」

お竹が急いで板場へ向かう。その後ろ姿を眺めながら、里緒と吾平は微笑み合った。

その夜、里緒とお栄が夕餉を運ぶと、力士たちは舌舐めずりをして鍋を覗き込んだ。

「おおっ、これは！」

大きな鍋に、軍鶏《しゃも》肉のほか、春菊《しゅんぎく》、芹《せり》、分葱《わけぎ》、椎茸、牛蒡《ごぼう》、焼き豆腐、白滝《しらたき》がみっしりと入って、湯気を立てている。里緒とお栄が碗によそって渡すと、二人は喉を鳴らして、早速食らいついた。

言葉もなく頬張り、碗一杯をあっという間に空にして、木曾川と皆子山は威勢よく、すぐさま二杯目を搔っ込んでいく。里緒とお栄は啞然《あぜん》としつつも微笑ましい思いで、力士たちの食いっぷりを眺める。

「ごゆっくりお召し上がりくださいね」

里緒たちが立ち上がろうとすると、丸顔の木曾川が、食べる手を止めずに言った。

「ちょっとお願いしたいことがあるんだが……」

里緒とお栄は上げかけた腰を下ろして、姿勢を正した。

「どのようなことでしょう」

「明日にでも、桜が見頃のところを案内してもらえねえかな。この辺りだと浅草寺だろうが、あそこの桜はもう見飽きてんだ」

「火事の騒ぎがあったってのに、相変わらず賑わっていて、うるせえしな。もう少し静かなところで花見をしてえもんだ。よいところを、どこか知ってるかい」

里緒とお栄は顔を見合わせる。

「はい。知らないこともございませんが」

「じゃあ、そこへ連れてってほしいぜ。まあ、女将は忙しいだろうから、そっちのお姉ちゃん、頼まれてくれねえか」

「え、おら……じゃなくて、私ですか？」

お栄は目を丸くして、自分で自分を指差す。力士たちは頷いた。

「そう。あんただ。男二人で花見ってのも、なんだからな。付き合ってくれると嬉しいぜ」

「女将、このお姉ちゃんを案内役に貸してもらえねえかな。俺たち躰はデカいけれど悪い奴らではねえんで、信用してくれ。危ない目に遭わせたりなんて、絶対にしねえよ」

里緒がお栄に目をやると、お栄は微かな笑みを浮かべて頷く。少し考えて、里緒は答えた。

「かしこまりました。お栄に案内させます。でも、くれぐれも、明るいうちにお戻りくださいますよう、お願いいたします。できれば七つ頃までには」

「おう、了解だ。午前《ひる》に出かけて、早く戻るようにするぜ」

「ではお弁当をお作りしますね。それを召し上がりつつ桜をお楽しみになってください」

「それはありがてえ！」

力士たちは眦《まなじり》を下げて喜んだ。


一日の仕事を終えて、玄関の戸を閉めて錠を下ろすと、里緒は力士たちに頼まれた件を、吾平とお竹に話した。

二人は黙って聞き、息をつく。吾平がおもむろに口を開いた。

「女将がお栄を付き添わせてもよいと判断なさったのならば、まあ、大丈夫でしょう」

二人が神妙な顔をしているのも無理はないと、里緒は思う。ここのお客の仕業ではなかったものの、数月前にお初が危険な目に遭ったので、やはり心配なのだろう。

「私の勘では、あのお二人は悪いことをするような人たちではないわ。お栄さんもそれを察しているのか、案内役に乗り気のようだし」

お竹が首を捻《ひね》る。

「確かに、悪い人たちには見えませんがね。……そうだ、盛田《もりた》屋の親分さんに頼んで、若い衆の誰かに、後を尾《つ》けていってもらいましょうか。こっそり見張ってもらうんですよ」

盛田屋とは雪月花と同じく山之宿町にある口入屋《くちいれや》で、そこの主人の寅之助《とらのすけ》は、この辺り一帯を仕切っている親分でもある。寅之助は、里緒のことを幼い頃から知っていて、里緒の二親が亡くなってからは、雪月花の用心棒あるいは後見人《こうけんにん》のような役割を果たしてくれていた。雪月花に何かあった時は、彼の手下たちが駆けつけてくれることになっているのだ。

お竹の意見に、里緒は首を竦《すく》めた。

「そんな……。盛田屋の皆さんだってお忙しいのだから、そういろいろと頼めないわ。山川様にお力添えして、半太《はんた》さんや亀吉さんと一緒に駆け回っているみたいだもの」

隼人は寅之助とも懇意で、盛田屋の者たちに仕事を手伝ってもらうことがあった。

ちなみに半太も亀吉と同じく岡っ引きで、隼人の大切な手下だ。

「物騒な時に行かせて、本当に大丈夫でしょうか」

溜息をつくお竹に、里緒は微笑んだ。

「お栄さんには呼子笛を持たせるつもりなの。何かあった時に思い切り吹けば、誰か飛んできてくれるでしょう。でも、大丈夫よ、きっと。お栄さん、しっかりしているもの」

里緒の言葉に、吾平が頷く。

「お栄は近頃、一段としっかりしてきたからな。よし、お栄に案内させましょう」

吾平が同意したので、お竹も折れたようだった。

「この経験が、お栄をまた成長させるかもしれませんものね。どこにも出さずに、いつまでも箱入り娘のまんまではね」

「箱入り娘ってのは……よく分からんけどな」

吾平が首を傾げる。行灯《あんどん》が仄かに灯《とも》る帳場で、里緒たちは静かな笑い声を立てた。

三

次の日は快晴で、絶好の花見日和《びより》だった。お栄と力士たちは笑顔で雪月花を出て、隅田川に沿って花川戸町のほうへと歩き、吾妻《あづま》橋を渡った。吾妻橋は長さ八十四間《けん》（約一五三メートル）、幅三間半（約六・四メートル）で、ここを通るには武士以外は二文を払わなければならなかった。

「いい眺めだなあ」

「花見しながら釣りをするってのも、風情があっていいな」

隅田川に目をやりながら、大きな橋を渡っていく。滔々《とうとう》と流れる川の水面に日差しが映えて、煌《きら》めいている。魚も元気よく飛び跳ね、小さな飛沫《しぶき》を上げる。風はすっかり暖かく、眩しい季節の訪れを感じさせた。

「やっぱり春っていいですよね、爽やかで」

お栄は案内役ゆえ、力士たちの少し前を歩いているが、時折振り返り、彼らに微笑みかけた。

「まったくだ。花見をして弁当食って一杯呑む。これぞ最高」

「旨い酒を呑んで旨いものを食ってれば、俺たちゃ一年中ご機嫌なのよ」

力士たちは腕を組んで歩きながら、豪快な笑い声を上げる。風呂敷に包んだ花見弁当は、お栄が持っていた。

「あ、でも、お酒は用意してありませんよ」

「分かってるぜ。昨日、鱈腹《たらふく》呑み過ぎて、女将たちに顰蹙《ひんしゅく》買ったようだからな。昼日中《ひるひなか》は慎め、ってことだろう」

「行く先で酒を売ってたら、買っちまうかもしれねえけどな。まあ、舐める程度にしておくぜ」

お栄は前を向いたまま、小さく咳払いをした。

「……お二人の舐める程度といいますのは、おそらく二合ぐらいかとも思われますが」

「お姉ちゃん、よく分かってるじゃねえか」

「おめえ、お姉ちゃんじゃなくて、ちゃんと名前で呼べよ。なあ、お栄ちゃん。あんた、朗らかだし、なかなか賢くて、気に入ったぜ」

四角い顔の皆子山に褒められ、お栄は照れた。

「そんな……ありがとうございます。お二人をちゃんとご案内できますよう、しつかり務めます」

「いやいや、そんなにかしこまらなくていいぜ。一緒に楽しく花見しようや。毎日ああやって、旅籠の中で忙しく働いてんだ。たまには外に出て、こんな息抜きも必要だろう」

丸顔の木曾川に言われ、お栄は振り返った。力士たちは笑みを浮かべている。お栄は橋の上で立ち止まり、彼らに丁寧に頭を下げた。

どうやら二人は、里緒やお栄の勘働きどおり、強面《こわもて》ながら心優しき者たちのようだ。

橋を渡ると、向島だ。武家屋敷を通り過ぎ、三囲《みめぐり》稲荷へと着く。ここから木《もく》母《ぼ》寺《じ》までの隅田川沿いの道を、隅田堤と呼ぶ。お栄は彼らに、その隅田堤と木母寺を、桜の名所として案内するつもりだ。その辺りは火事の影響を受けずに相変わらず長閑なので、花見に相応《ふさわ》しいのではないかと里緒が考えたのだった。

隅田堤を彩る満開の桜を眺めながら、三人はのんびりと歩いた。

この堤には慶安《けいあん》の頃より桜が植えられていたが、徳川吉宗《とくがわよしむね》公が享保《きょうほう》年間に桜をさらに百本以上のほか桃と柳の木も植えさせたので、毎年花見の人々で賑わっている。

「いやあ、見事な眺めだが、桜と桃ってのは、違いがよく分からねえなあ」

「いいじゃねえか、どっちも綺麗なんだからよ。細かいこと言うなって」

二人の話を聞きながら、お栄は思わず笑ってしまう。ちょうどこの時季、桜と桃、どちらの花も見頃だった。

「花びらで区別できますよ。桜の花びらは、先端が二股に分かれているといいますか、切込みが入っているように見えるんです。桃の花びらは先端が尖っています。ちなみに梅の花びらは先端が丸いんです」

「ほう、そりゃ為になるぜ。……ってことは、これは桃の木かい？」

四角い顔の皆子山が指差した木を見て、お栄は頷いた。

「そうですね。桃の木です。桃の花は軸が短くて、一つの付け根から二輪の花があちこち向いて咲くんです。だから華やかに見えます。桜の花は軸が長いから、下を向くように咲きますね。だからどこか憂いがあるように見えるのかもしれません」

「お栄ちゃん、物識《ものし》りだねえ！」

力士たちが目を見開く。お栄は首を横に振った。

「いえいえ、私なんてまったくです。うちの女将さんなんて、もっといろいろなことをご存じですよ。女将さんと仲居たちで、裏庭でお花を育てているのですが、それがとっても楽しいんです。皆、お花が好きなので」

「ほう。いいねえ、女人らしくて」

「部屋にも花が飾ってあったもんな。白い花だった」

「あれは木蓮《もくれん》です。いつも女将さんが生けているんです」

「木蓮かい。辛夷《こぶし》かと思ってたぜ。似たような花ってあるもんだな」

桜と桃の花が入り交じり、薄紅色に色づく堤には、微かな芳香が漂っている。柳も青々として、小さな黄緑色の花穂をたくさんつけていた。子供たちは柳の花穂のほうが興味深いようで、立ち止まってじっと眺めている。隅田堤を歩く者たちは、皆、笑顔だった。

力士たちは長命寺《ちょうめいじ》に寄って、名物の桜餅《さくらもち》を買い込み、お栄にも分けてくれた。

「ありがとうございます。ここの桜餅、大好物なんです」

「青空の下で食う桜餅は絶品だぜ」

皆で頰張りつつ、再び歩き出す。彼らが言うように、桜を眺めながら味わう桜餅はこの上なく美味だと、お栄は思った。

桜の蜜を求めてやってくるメジロのさえずりが聞こえてくる。和やかな光景が続いていたが、諏訪《すわ》明神を過ぎた辺りで、なにやら異変を感じ、お栄たちは立ち止まった。

白鬚《しらひげ》神社の前の、ある桜の木の下で、犬が鼻を蠢《うごめ》かして吠え立てているのだ。大きな黒い犬の迫力に、お栄は思わず後ずさる。力士たちがお栄の前に立ちはだかった。

「俺たちが守ってやるから、安心しな」

皆子山に目配せされ、お栄は頷く。犬は喚《わめ》くのを一向にやめない。お栄たちが怪訝《けげん》な顔で遠巻きに眺めていると、声をかけてくる者がいた。

「近頃どういう訳か、あの辺りで野良犬があやって吠えていることがあるんだよ」

「今日だけじゃなくて、いつもなんですか」

「そうなんだ。うるさくて堪《たま》らないよ」

お栄と力士たちは顔を見合わせ、首を傾げる。

「何か埋められているのかもな」

木曾川の言葉に、お栄と皆子山は納得する。三人は犬に近寄らないようにして通り過ぎ、花見を続けた。

木母寺に着くと、床几《しょうぎ》に腰かけ、一息ついた。日差しが降り注ぐ中をよく歩いたせいか、力士たちとお栄は微かに汗ばんでいた。ここも桜を楽しむ人々で賑わっているが、浅草寺よりは落ち着きがあった。

木母寺は、梅若丸《うめわかまる》の言い伝えで名高い寺だ。「木」「母」を繋《つな》げて一文字にすれば、「栂」という「梅」に似た字になる。梅若丸の言い伝えは、室町《むろまち》時代に作られた能《のう》の演目『隅田川』の題材にもなっており、それゆえ梅若丸に所縁《ゆかり》のあるこの寺を訪れる者は多かった。

梅若丸の言い伝えとは、このようなものだ。

平安時代に高貴な家に生まれた梅若丸が、早くに父親を亡くして比叡山《ひえいざん》に預けられ、秀麗《しゅうれい》な稚児《ちご》として評判になるものの寺同士の諍《いさか》いに巻き込まれてしまう。そして逃げる途中に人買いに攫《さら》われ、東国へと下り、隅田川のほとりで齢十二の若さで非業《ひごう》の死を遂げる。そこに居合わせた高僧が哀れみ、亡骸《なきがら》を埋めて塚を築いた。そこが木母寺であるという。

それゆえ木母寺では、梅若丸の命日とされる弥生十五日は梅若忌《うめわかき》として、毎年、盛大な念仏供養を行うのだ。その梅若忌に、参詣と称して遊山《ゆさん》気分で集う者たちは多かった。木母寺は大きく、境内に料亭まであり、梅若忌には花見をかねて通人たちがそこでよく宴を開いた。

お栄は花見弁当を包んだ風呂敷を、広げ始めた。

「数日後なら、梅若忌でしたのにね」

「いや、それを外してよかったぜ。その法要にぶつかったら、さらにごった返すだろうからな」

「そのとおり。花ではなく人を見にきた、なんてことになったら、笑止千万《しょうしせんばん》よ」

花見弁当は二重になっており、お栄が蓋《ふた》を開けると、力士たちは相好《そうごう》を崩した。

「こりゃ旨そうだ！」

一段目には、鰆の味噌焼き、出汁巻き卵、紅白蒲鉾《かまぼこ》、金平《きんぴら》牛蒡、軍鶏の衣かけ(唐揚げ)、独活《うど》の梅酢漬けなどが詰められ、二段目には、筍ご飯を握ったおにぎりが、みっしりと詰められている。

食い入るように弁当を見つめ、力士たちは喉を鳴らした。

「まさに花が咲いてるみてえな弁当だ」

お栄が差し出すと、二人は勢いよく食らいついた。言葉もなく豪快に頬張る力士たちを、お栄は笑顔で見つめる。境内で酒も売られていたので、お栄は買いに走った。

風に吹かれて桜の花びらが舞い、木曾川の髷《まげ》と、皆子山が手にしたおにぎりに、ふわりと載った。皆子山は花びらを取り除けもせずにそのまま頬張り、満足げな笑みを浮かべた。

桜と弁当と酒を堪能し、帰りが遅くならないようにと、三人は木母寺を出た。隅田堤を戻っていくと、先ほどと同じ場所、白鬚神社の前の辺りで、まだ犬が吠えていた。犬は前足で土を掘り始めていて、それを人々が遠巻きに眺めている。無視して通り過ぎることができず、お栄たちも再び立ち止まった。

すると、見物人の一人が、あっと声を上げた。掘り返している土の中に、何かがきらりと光ったのだ。日差しの加減か、金色に見えた。

「ま、まさか。小判が隠されているんじゃねえか」

「埋蔵金なんてことはねえよな」

どよめきが起こり、二十人ほどの見物人たちは、恐る恐る犬に近寄っていく。鼻息を荒らげて掘り続ける犬の傍で、皆子山が叫んだ。

「誰か鍬《くわ》を持ってきてくれ」

「犬じゃ埒《らち》が明かねえよ」

力士たちは、見ているだけではまどろっこしくなったようだ。鍬が持ってこられると、彼らはざくざくと土を掘り返していった。お栄をはじめほかの者たちは、息を詰めて見守る。

すると桜の下の土から出てきたものは……一面に金彩が施された風呂敷包みだった。金彩には、金箔《きんぱく》や金粉が使われているので、遠目には一瞬、小判のように見えたのだろう。その風呂敷で包まれた箱からは、異様に強い香りが漂っている。犬は恐らく、この香りに反応していたのだと思われた。

決して悪臭ではないのだが、得も言われぬ甘く濃厚な香りだ。見物人の一人が声を上げた。

「ま、まさか、その中に小判が入っているのでは」

力士たちは首を傾げて、土を払い除けながら風呂敷を開いた。金蒔絵《きんまきえ》が施された漆《うるし》の箱が現れる。見物人たちはざわめいた。

「金尽くしだ。や、やっぱり中にあるのは」

箱は、なかなか大きい。皆子山が蓋を開け、木曾川とともに覗き込んだ。二人の顔が微妙に強張《こわば》る。木曾川が、入っているものを、両手で摑んで取り出した。

それは、金子《きんす》ではなく、金色の髑髏《どくろ》だった。

「うわあっ」

皆、仰天《ぎょうてん》し、腰を抜かす者まで現れた。お栄も悲鳴を上げ、後ずさる。金箔を貼られた髑髏は、日差しを浴びて輝く。髑髏は今にも笑い出しそうだ。おどろおどろしくも、奇妙な魔力があって、皆、金色の髑髏から目が離せない。お栄はもう少しで気を失いそうだった。

だが力士たちは、髑髏を手にしたまま、怪訝な顔をしている。

「何かおかしい」

二人はじっくりと眺めながら呟いた。

騒ぎとなり、誰かが自身番《じしんばん》に連絡し、少し経って奉行所の者がやってきたが、大火の余波で多忙ゆえに渋々といった顔だった。力士たちが掘り起こした金色の髑髏は、役人に渡され、調べてもらうこととなった。

力士たちは役人に色々訊《たず》ねられるなどして、思いがけず時間を取ってしまった。

二人はお栄に謝った。

「おかしなことに首を突っ込んじまって悪かった。急いで帰ろう」

「女将たちに心配させちゃ申し訳ねえ」

「大丈夫ですよ。七つには間に合いますもの」

二人の気遣いが、お栄の胸に沁《し》みる。すると皆子山が大きな声を上げた。道端に駕籠《かご》を置いてこちらを眺めていた駕籠舁《か》きが、目に留まったのだ。

「おい、乗せてってもらえねえか」

だが駕籠舁きたちは無視して、駕籠を担いでそそくさと行ってしまった。皆子山は下駄で地面を蹴って怒った。

「なんだ、あの態度は」

その横で木曾川は苦笑いだ。

「デカい男を担ぐのはご免ってことだろう。仕方ねえよ。今の奴ら、ひょろっこかったもん」

「けっ、根性なしが！」

憤る皆子山に、お栄が声をかけた。

「少し歩いてみませんか。お疲れのようでしたら、この先でなら駕籠を拾えるかもしれません」

皆子山は眉を搔いた。

「いや、俺たちが乗るんじゃなくてさ、お栄ちゃんを乗せたかったんだ。一刻も早く、帰してあげたかったからさ。……なのにあの駕籠舁きの野郎、勘違いしやがって」

「え、そうだったのですか」

優しさにお栄の胸が熱くなる。木曾川が付け加えた。

「髑髏騒ぎのせいか、お栄ちゃん、顔色がちょっと悪く見えるぜ。本当に大丈夫かい」

「はい。吃驚《びっくり》しましたけれど、落ち着きました。ちゃんと歩いて帰れます。お気遣いさせてしまって、申し訳ありません」

お栄は二人に丁寧に頭を下げる。

「かしこまらなくていいって。ならば、七つに間に合うよう、歩いて帰るか」

「んだな」

三人は桜と桃と柳の花を再び眺めつつ、来た道を戻っていった。

奉行所で調べたところ、金色の髑髏は土人形の要領で作った、精巧な作り物だった。偽物の髑髏に、金箔を貼った物だったのだ。それゆえ事件性はないとみられたが、「では誰が何のためにそのようなことをしたのか」という疑問が生まれてくる。偽髑髏に染《し》みついていた独特な芳香も、謎であった。金色髑髏を引き取りにいった同心は隼人ではなかったが、隼人もこの一件については首を捻るばかりだった。

──なんでそんなものを、ご大層に金蒔絵の箱に入れて、金風呂敷に包んで、桜の木の下に埋めたんだろう。

隼人は考えれば考えるほど、分からなくなるのだった。

お栄と力士たちは雪月花に無事七つまでに戻ることができた。彼らはそれから一風呂浴びて一眠りし、五つ（午後八時）に夕餉を取った。その刻限にはほかのお客たちはたいてい夕餉を済ませてしまっているので、雪月花が最も手が空く頃だ。里緒たち女四人で力士たちを囲み、酌をするなどしてもてなした。里緒はお栄から、力士たちの今日の活躍と心遣いを聞いていたので、彼らを労《ねぎら》いたいという思いもあった。

本日の夕餉は、牡蠣《かき》の土手鍋だ。磯の香りと味噌の匂いが相俟《あいま》って、湯気とともに部屋に漂う。大きな鍋には、牡蠣をはじめ春菊、分葱、椎茸、豆腐がたっぷりと入っていた。武州《ぶしゅう》で獲れて江戸へ運ばれた牡蠣は、大きくて美味であると、『倭漢三才図会略《わかんさんさいずえりやく》』にも記されている。

力士たちは胡坐《あぐら》をかき、大きな碗を手に持って、まずは汁をずずっと啜り、弾力のある大ぶりの牡蠣を頬張る。それを嚙み締めると、口の中に牡蠣の旨みが溢れて、二人は眦《まなじり》を下げた。

彼らは鍋と酒を交互に味わいつつ、今日起きた不思議な出来事を語った。先ほどお栄から少し聞いてはいたが、金色偽髑髏の一件の詳細に、里緒たちは興味津々《しんしん》だった。

髑髏が作り物であったことは、あの後、盛田屋の若い衆が報せにきてくれたのだ。

四角い顔の皆子山が言った。

「さっき風呂に入りながらこいつと話していたんだが、見世物小屋の連中が、舞台で使ったものを捨てたんじゃねえかと」

里緒は首を傾げる。

「でも、捨てるものを、わざわざ金蒔絵の漆箱に入れて、金風呂敷で包んだりするでしょうか。犬が反応するほどの強い匂いが染みついていたというのも、気になります。……もしや、何かのおまじないでしょうか。捨てた訳ではなかったのかもしれませんね。単に埋めていたのでは」

まじないと聞き、皆、目を瞬かせる。お竹が口を出した。

「作り物の髑髏に金箔を貼るなんておまじない、あまり聞いたことがありませんがねえ。それに、そんなものを桜の木の下に埋めて、何のまじないになるって言うんでしょう」

里緒は顎に指を当て、推測を語った。

「たとえば……桜が咲く前に埋めて、桜が散った後に取り出すんです。すると、桜が咲いている間に桜の精霊のようなものが偽髑髏に憑依《ひょうい》して、偽髑髏の力が増し、お守り代わりになるとか」

お栄が頷いた。

「なるほど。そうやって桜の精霊が憑《つ》いた金色の偽髑髏を拝んでいれば、願いが叶うってことですね」

しかしほかの者たちは眉を顰《ひそ》める。力士たちも酸《す》っぱい顔で、お竹は露骨に嫌悪を示した。

「いくら願いが叶うからといっても、偽髑髏を拝むなんて、私は真っ平ご免ですからね。しかしそれが本当だとしたら、変なおまじないが流行《はや》っているんでしょうか」

「こういう物騒な世だと、何かにすがりつきたくなってしまうのかもしれませんね。それが奇妙なものであっても」

お初が肩を竦める。丸顔の木曾川が頷いた。

「案外そうかもしれねえな。丁寧に埋められていたってことは、願懸《がんか》けとか、まじないか」

「おかしな宗教が静かに流行っているのかもしれませんね。変なことが起こらなければいいけど」

お竹の言葉に、皆、大きく頷いた。

偽髑髏の話はさておき、力士たちは大いに呑み、食べ、酔うほどに明るくなっていった。それにつられて、里緒たちも久しぶりに大いに笑うことができた。

お竹は嬉々《きき》として、力士たちに酌をした。

「どうして女は相撲を観てはいけないなんて決まりがあるんでしょうねえ。そんな決まりさえなけりゃ、私、押しかけていって、黄色い声を上げて応援しますのに」

「本当ですよ。私たちもすっかりお二人の贔屓《ひいき》になってしまいました。是非、観にいきたいです」

　お栄とお初も頬をほんのり紅潮させている。皆子山は照れくさそうに笑った。

「いやあ、相撲取りってのは気が荒い奴が多くてね。観にきた客たちと殴り合いが始まることもあるから、女は土俵には近寄らないほうが身のためだぜ。気持ちはとても嬉しいけどよ」

「ちょうど一年ぐらい前にも、話題になっただろう。ほら、芝神明宮での勧進《かんじん》相撲の時に起きた、力士と火消しの大喧嘩。あれも凄まじいもんだったぜ」

「ああ、知っています。め組の人たちが我儘《わがまま》だったんですよね」

　お栄が相槌《あいづち》を打つ。力士たちは頷いた。

「喧嘩騒ぎなど、俺らには珍しくもなんともねえが、女は関わらないほうがいいぜ。巻き添え食って怪我でもしたら、てえへんだからよ」

「女には、やっぱり花を育てたりしていてほしいな。まあ、もし相撲をどうしても観てえのなら、俺らのとこの相撲部屋に来てくれれば、小窓から稽古を覗くことはできるがな」

「ええっ、本当ですか？　お稽古しているところは観られるんですか」

　女四人、里緒も思わず、膝を乗り出す。

「それはできるぜ。いつ覗きにきてくれても構わねえが……その、黄色い声なんかは出さねえでくれな。恥ずかしくて、稽古に身が入らなくなっちまうからよ」

「だな。照れくさいよな。嬉しいけどよ」

頭を掻く力士二人を、里緒たちは笑顔で見つめる。お栄とお初は、そのうち絶対に行こうと、はしゃいだ。

力士たちは気分がよいのか、饒舌《じょうぜつ》だ。

「偽髑髏の件に巻き込まれたりして、なんだか少し疲れちまったけれど、癒されたわ。いい宿に泊まれて、よかったぜ」

「しかし、あれは頭にきたなあ。駕籠を拾おうと思って声をかけたら、無視して行っちまいやんの」

皆子山はまだ根に持っているようだ。木曾川とともに酒が廻って、顔は真っ赤だった。

「相撲取りは乗せたくねえってことだな。いっちょ前に拒否しやがってよ」

「そういや昔、二人分の代金を払えって言われたことがあるぜ。一人で二人分の重さだからだってよ。ちくしょう！」

力士たちの話は面白く、雪月花に笑い声が響く。

そんな折、仕事を終えた幸作が静かに帰ろうとしていた。吾平が帳場から顔を覗かせ、玄関を出ようとする幸作に声をかけた。

「お疲れ。今日は遅くまで悪かったな。ゆっくり休んでくれよ」

「あ、はい。……しかし、楽しそうっすね」

幸作は、力士たちがいる二階を顎で指す。吾平は苦笑した。

「うちの女たちは、なぜかデカい男を好むようだな」

「女将さんも、なんだか嬉々としてますよね」

吾平と幸作の目が合う。幸作は腕を組み、息をついた。

「俺も肥《ふと》ろうかな」

「それも悪くねえかもな」

吾平に肩を叩かれ、幸作は帰っていった。

数日後、木母寺近くの畑で、若い女の死体が見つかった。女の頬には、金箔が貼られていた。

隼人が出張《でば》り、遺体を引き取って調べてもらった。女は酷《ひど》く殴られたり蹴られたりしていたが、凌辱《りょうじょく》された形跡はなかった。

——このようなご時世、金に困った追剝《おいはぎ》の仕業だろうか。町中の見廻りをもっとしっかりしなければな。

火事の後のどさくさに紛れて、このところ盗賊などがはびこっており、このような殺しは至るところであった。それに似たものだろうと隼人は察しながらも、遺体の顔に貼られた金箔というのが、やけに気になった。

――金色の偽髑髏が見つかったところも、木母寺とそう離れていねえんだよな。まさか、あの件と、この殺しとは何か関わりがあるのだろうか。金箔繋がりってことで。

女の身元はすぐに割れた。齢十八で、名はお順《じゅん》。新鳥越町《しんとりごえちょう》の居酒屋で働いていて、なかなか派手な暮らしぶりだったらしい。付き合っていた男は一人ではなく、居酒屋のお客にも親しくしていた者がいたようだ。

お順の遺体からは、死臭をも消し去るような、馨《かぐわ》しい香りが漂っていた。それもなにやら、金色の偽髑髏を連想させた。

頬に貼られた金箔は、正確には金箔を細かく砕いて金粉にして、それに膠《にかわ》（糊）などを混ぜ合わせて作ったもののようであった。それを厚めに塗っているので、しっかりと貼りついている。まるで、金箔の死化粧《しげしょう》を施しているかのようであった。

## 第二章　優しい狼

### 一

火事から十日以上が過ぎた頃、ご隠居の徳兵衛《とくべえ》が、雪月花を訪れた。徳兵衛は、下総は佐倉《さくら》で味噌問屋〈平田屋《ひらた》〉の主人を務めていたが、店を息子に譲り、今は悠々と暮らしている。

徳兵衛はこれまで五回ほど雪月花に泊まったことがある。以前はお内儀と一緒だったが、数年前に先立たれてからは一人で訪れる。齢七十ながら、足腰が丈夫で血色もよく、生き生きとしていた。

「いらっしゃいませ。お待ちしておりました」

里緒たちが丁寧に迎えると、徳兵衛は穏やかな笑みを浮かべた。

「世話になるよ。江戸は火事でたいへんなようだが、皆さんは元気で本当によかった」

「お心遣い、ありがとうございます。徳兵衛様もますますお元気そうで、私どもも嬉しく思います」

里緒は姿勢を正し、徳兵衛へ礼をした。

お栄とお初が足を濯《すす》ぎ終わると、徳兵衛は上がり框《かまち》を踏んだ。入り口の右側に階段があり、吾平が荷物を持って先に上がっていく。続いてお竹が、徳兵衛を部屋へと案内した。

徳兵衛が一息ついた頃を見計らって、里緒がお茶を運んだ。

「よろしければお召し上がりください」

お茶請けの落雁《らくがん》と一緒に出すと、徳兵衛は眦を下げた。この落雁は、幸作が作ったのではなく、せせらぎ通りの菓子屋で買ったものだ。

雪のように真っ白な落雁を、徳兵衛は目を細めてゆっくりと味わう。徳兵衛の望みで、部屋は裏側の浅草寺に面している。桜は見頃を過ぎていたが、それでも青空に淡い彩りを映えさせていた。

徳兵衛はお茶を啜って息をつき、おもむろに話し始めた。

「今年は浅草寺だけではなく、回向院《えこういん》にも行ってみたいと思っているのだよ」

「火事の影響で中止になるかと思いましたが、浅草寺も回向院も例年どおり御開《ごかい》帳《ちょう》をしておりますものね」

「却って賑わっているのではないかな。こういう時にこそ、人はご利益《りやく》がほしくなるものだからね」

「そうかもしれませんね」

里緒とお竹は嫋《たお》やかに頷いた。

この時季は、寺社の御開帳を目的に江戸を訪れた者が、雪月花に泊まることも多かった。普段は参拝が許されない秘仏を、一定の期間を設けて開帳するという催しだ。御開帳は寺社奉行の許しを得て、如月《きさらぎ》下旬から卯月《うづき》上旬まで行われる。寺社の参道には茶店、床店《とこみせ》、見世物小屋などが立ち並び、参拝客からすれば開帳の催しは花見と同様、春の行楽の一つである。

「今年こそは回向院の出開帳《でがいちょう》を見たいと思っているんだよ。恥ずかしながら、回向院にはまだ行ったことがないのでね」

「まあ、さようでございますか。回向院はよいところですので、是非いらっしゃってみてくださいい。ご満足いただけると存じます」

出開帳とは、寺社の秘仏を、別の場所で開帳することだ。回向院は延宝《えんぽう》四年（一六七六）に近江《おうみ》国の石山寺《いしやまでら》の観音を開帳して以来、出開帳で名高い。信州善《ぜん》光寺《こうじ》の如来《にょらい》像を開帳した時は、特に多くの参拝客が押し寄せた。

その反対が居開帳《いがいちょう》で、寺社の秘仏を、その寺社の境内で開帳することをいう。居開帳で名高いのが、浅草寺だった。

この開帳参拝で、西国三十三所、八十八所を詣でる巡礼をする者たちも多く、それほどに春の御開帳は、人々に楽しまれていた。

徳兵衛はお茶を啜って、静かに言った。

「それでお願いがあるのだが、私を回向院に案内してくれないかな。回向院は広いというから、一人では迷ってしまいそうなのでね」

里緒とお竹は目を見交わす。力士に続き、このご隠居からも案内を頼まれ、不思議な偶然を感じてしまう。里緒は察した。

――江戸の町がなにやらざわめいているので、詳しくない場所にいらっしゃるには、お連れがいたほうが皆様ご安心できるのかもしれないわ。

里緒はお竹に目配せし、衿元を直しながら答えた。

「かしこまりました。こちらの仲居頭のお竹がご案内させていただきます」

「回向院には何度も行ったことがございますから、お任せくださいませ」

徳兵衛に向かって、お竹が深々と頭を下げる。徳兵衛は目をいっそう細めた。

「それは嬉しいねえ。あなたみたいな小股の切れ上がった姉さんに案内してもらえるなんて」

「姉さんだなんて……。私、もう四十を超えているんですよ」

お竹は目を見開き、顔の前で手を振る。徳兵衛は一笑した。

「私から見れば、姉さんだよ。まだ、若い、若い。しゃきっとしていて、羨ましい限りだ」

「まあ、それは嬉しいお言葉、ありがとうございます。張り切ってご案内させていただきます」

お竹が真に喜んでいるのが伝わってきて、里緒は微笑ましかった。

その夜も戸締りをした後、帳場で里緒と吾平とお竹とで話をした。

「お竹さんならば心配はないわね。徳兵衛様も何度かお泊まりくださっていて、知らないお客様ではないもの」

「だが、まあ、一応は気をつけとけよ。相手は男だ。急に態度が変わって、お前なんかにでも迫ってくるかもしれないからな。如何物食《いかものぐ》いってのもいるからなあ」

「はいはい、分かっております。私は烏賊《いか》より蛸《たこ》が好きですけどねえ」

お竹はしれっと返し、お茶を啜る。吾平が憎々しげなことを言うのも、お竹と気が置けない仲ゆえだろう。そこにはヤキモチもちょっぴりあるのではと、里緒は察している。

二人を交互に眺めながら、里緒は笑みを浮かべた。

「でも、お栄さんに続いてお竹さんが案内役を務めることになるなんて、不思議よね。力士のお二人はとても喜んでくださったから、今度も好評だといいわね」

「好評だったら、これからはお客様がお望みの場合は、案内をつけることにしましょうか。それをこの旅籠の売りの一つにすれば、さらにお客様が集まるかもしれませんよ」

お竹が膝を乗り出す。吾平は腕を組んだ。

「危なそうなお客様に頼まれた場合は、はっきり断わりゃいいしな。まあ、うちはそのような者は滅多《めった》に泊まらせないが」

「長年この商いをやっていると、なんとなく分かるもんですよね。まともなお客様か、そうでないか。……まあ、たまには見破れないこともありますけれど」

お竹が肩を竦めると、里緒も苦い笑みを浮かべた。

「それは仕方がないわ。推測好きの私でも、分からないことがあるもの。でも、九割ぐらいは見抜けるわよね、お客様のことって」

「いや、我々なら、九割五分は見抜けてると思います。ただ残りの五分の中に、一筋縄でいかない輩《やから》がいるんですよ」

「一筋縄でいかない……まさにそうね。そのような人たちが関わってきてしまうと、親分さんたちや、町方の旦那方の登場となる訳ですよ。あ、そういえば山川の旦那、最近ちっともお見えになりませんね。お忙しいんですねえ」

「こんなにお忙しい時に山川様に迷惑をおかけしたくはないから、私たちでちゃんとやっていきましょう。お竹さんは明日、回向院に行ってもらうから、今夜の火の番は吾平さんと私とでするわね」

「すみません。気を遣っていただいて」

お竹は里緒に深々と頭を下げる。

「お竹さん、早く休んでくださいね。火の番は私が八つ半（午前三時）までしますから、吾平さんもその間はお休みください」

「承知しました。では八つ半になったら替わりましょう」

里緒と吾平は頷き合う。吾平とお竹は自分たちの部屋へと下がり、里緒は帳場に残った。火の番は、ここですることになっているのだ。

小さな障子窓を開けると、外の景色が見える。雪月花の入り口は隅田川の側に面しているので、入り口の傍にある帳場からも隅田川が眺められた。

夜の川を、船行灯《ふなあんどん》を灯した猪牙舟《ちょきぶね》が流れていく。この時季は、舟の上から夜桜を見物している者も多かった。

里緒は暫くぼんやりと見ていたが、窓を閉め、灯りが弱まってきた行灯に油を注いだ。火の番の者は、うとうとすることもできるが、里緒はなるべく起きていたいと思う。

――明日お竹さんに持たせる、お弁当の品書きは何がいいかしら。

そのようなことを考えながらも、里緒は火の気配や怪しい物音に絶えず注意を払っていた。お客たちの、雇い人たちの、そして雪月花の無事を守るために。

次の日は曇りだったが、雨の心配はなさそうだった。お竹と徳兵衛は吾妻橋の船着き場から猪牙舟に乗って、回向院へと向かった。

花曇りの空の下、舟は両国橋のほうへと流れていく。移りゆく景色を眺めながら、徳兵衛が言った。

「東本願寺の辺りまで焼けたと聞いたが、寺は大丈夫だったようだな」

「由緒あるお寺ですからね。無事でよかったですよ。あのお寺は二十年ぐらい前に火事に遭って、本堂が焼けているんです。もう修復しましたが」

「東本願寺も一度ゆっくり訪れてみたいねえ。お竹さん、その時は案内をまた頼むよ」

「私でよろしければ、是非」

揺れる舟の上で、二人は微笑み合う。隅田川沿いの桜並木は盛りを過ぎていたが、その落ち着いた風情は、徳兵衛とお竹に似合っている。風が吹くと、花びらが雨のように舞い降り、川面を彩った。

両国橋の辺りで舟を下り、回向院へと向かう。近くの日本橋が火事の被害に遭ったので、この辺りにも御救小屋が建てられていた。

お竹と徳兵衛は話しながら歩いた。

「両国の辺りは、独特な活気があるなあ。賑やかなのは浅草も同じだが、何かが違うんだ」

「より力強いんでしょうね。広小路のほうはもっと凄いですよ。芝居小屋や見世物小屋が立ち並んでいましてね。熱気に溢《あふ》れているんです」

「なるほど。そこも覗いてみたいが、柄《がら》が悪い者もいそうだな」

「確かにいますね。火事の騒ぎで、今はいっそう物騒になっているかもしれません」

間もなく回向院に着き、二人は参拝客の多さに目を瞠《みは》った。茶店や床店もたくさん出て、賑わいを見せている。

「皆、秘仏を拝むのが目的というより、この雰囲気を楽しみたいようだな」

「何が起きても数日経てば、けろっとしてるんです。江戸っ子は逞《たくま》しいんですよ」

お竹と徳兵衛は笑いながら、人を避《よ》けて歩いた。本堂へと行き、長い列に並んで、越後《えちご》の寺から運ばれたという秘仏を拝んだ。秘仏はそれほど大きくはないが、金箔が施され、後光が差しているかのように輝いている。穏やかな美しさを湛《たた》えた観音菩薩《かんのんぼさつ》像は、見る者の心を浄化してくれる。

お竹は秘仏の前で、雪月花の繁栄と皆の健康を、何度も祈った。

参拝を済ませると、お竹と徳兵衛は大きな銀杏《いちょう》の木の近くの床几に腰かけ、弁当を食べることにした。雲が流れ、晴れ間が見えてきている。徳兵衛は満ち足りた顔をしていた。

「おかげさまで、いいものを見ることができたよ。美しい仏像だったな。ご利益が十分にありそうだ」

「本当に綺麗でしたね。見惚れてしまいましたよ」

お竹は徳兵衛に相槌を打ちながら、弁当を広げる。丁寧に詰められた中身を眺め、徳兵衛はそっと唇を舐めた。

品書きは、蕗《ふき》味噌を載せたおにぎり、白子《しらこ》と三つ葉の玉子焼き、蛸と烏賊の衣かけ、春菊と竹輪の煮物、焼き椎茸、菜の花の塩漬け。

「これはこれは。一緒に食べよう」

「ご相伴《しょうばん》させていただきます」

蕗味噌のおにぎりを手に持ち、頬張る。このおにぎりは味噌を載せた後に少し焼いているので、芳ばしさが増している。広がり始めた青空に目をやりながら、お竹と徳兵衛は笑顔で嚙み締めた。

昼餉を済ませると、回向院をぐるりと回って、門を出た。回向院には弁財天《べんざいてん》や塩地蔵など見るものが多く、朝早く出たにも拘わらず、帰途に就く頃には七つ半(午後五時)を過ぎていた。

両国橋へと戻る途中、二人は、瓦版屋《かわらばん》が台に乗って唾を飛ばしながら売り捌《さば》いているのを見かけた。

「さあさあ皆さん、お耳を拝借！　物騒な世に、さらに物騒な話だ。なんと近頃、この江戸に狼男《おおかみおとこ》が現れるってんだから、怖くて堪らねえ！」

お竹と徳兵衛は顔を見合わせた。言葉を交わさなくても、考えていることはお互い分かる。

――狼男とはいったい何だろう。

同じことを思う者は多いようで、瓦版は飛ぶように売れている。お竹たちも興味を抱き、一枚買って一緒に眺めることにした。

瓦版によると、狼男はこの暖かい時分に衿巻《えりまき》で顔を隠していて、衿巻を取ると顔がまさに狼で、躰も毛むくじゃらだという。

一番初めに狼男の犠牲になったのは、吉原に遊びにいこうとしていた、回向院の近くの本所深川《ふかがわ》に住む大店の大旦那だった。狼男は不意に大旦那の目の前に立ち塞がり、衿巻を外して胸元を露《あら》わにして、その恐ろしい姿を見せたのだという。

大旦那は激しく驚き、腰を抜かして提灯《ちょうちん》を落としてしまった。すると狼男は、満月を背に、飛びかかろうと身構えたというのだ。あまりの恐怖で大旦那は気を失ったが、その隙に所持していた金品をすべて奪われてしまった。瓦版はこう結ばれていた。

《さて、この狼男、本当にいるのか、それとも何者かが化けているのか。しかしながら見た者の話によれば、変装のようには見えないほど真に迫っていて恐ろしかったそうだ。とにもかくにも物騒な世、月の輝く夜は特にご用心あれ》

瓦版を読み終え、お竹と徳兵衛は顔を顰《しか》めた。

「やれやれ、今度は狼男ですか。近頃おかしなことが起きますねえ。この前は、金色の偽髑髏《にせどくろ》騒ぎ、なんてことがありました」

溜息をつくお竹に、徳兵衛は目を瞬かせる。

「いったいなんだい、その金色の偽髑髏というのは」

「ええ。それがですね」

二人は船着き場へと向かい、猪牙舟に揺られながら話をした。金色偽髑髏の一件を聞き、徳兵衛は顎鬚をさすった。

「それは確かに奇妙な話だ。丁寧に包まれていたというのも気になる。だが待てよ。金色の髑髏というのは、どこかで聞いたことがあるぞ」

「もしや、秘仏の一種でそのようなものがあるのでしょうかね」

揺れる猪牙舟の上で、お竹は身を乗り出す。

「うむ。もしや秘仏にもあるかもしれんが……そうだ、信長《のぶなが》だ。織田《おだ》信長が浅井《あざい》長政《ながまさ》たちを討った時に、彼らの髑髏を杯にして、それに酒を注いで飲んだという話があるだろう」

「そういえば、聞いたことがございます。髑髏杯ですね」

「あの髑髏杯は、金色に塗られていたという説もあるそうだ。もしや、誰かがそれを真似して作ったのではないかな」

「それはあり得るかもしれません」

お竹は目を瞬かせる。徳兵衛は川面に手をそっと伸ばし、水を弾いた。

「もしくは、お竹さんが言ったように、ある者たちにとっては秘仏みたいなもので、見つかるとまずいので大切に隠しておいたのかもしれないね。髑髏教、みたいなものがあるのだろうか。江戸のどこかに、密かに」

「それも……あり得そうで怖いです」

お竹は肩を竦めた。

その夜、お竹は里緒に、金色の偽髑髏についての徳兵衛の見解を話した。

「なるほど。その二つの線は、どちらもありそうね。信長公のお話は、私も聞いたことがあるわ」

「髑髏教なんてのは聞いたことがないが、もしあるのならば、女将が勘を働かせていた、まじないってのに繫がりますね」

吾平が口を挟む。里緒は眉を顰めた。

「もし髑髏教などというものが本当にあるのだとしたら、おかしな事件に広がらなければいいのだけれど」

「そういえば、何日か前に木母寺の近くで見つかった死体には、金箔が貼られていたっていいますよね。あの事件と金色偽髑髏は、何か関わりがあるんでしょうか」

「金色繫がりか。山川の旦那は探索してねえのかな」

「どうなのかしら。偽髑髏のほうは事件とは考えられないから、進んで探索しているとは思えないわ。江戸の町はまだ落ち着いていなくて、色々お忙しいみたいだし。殺しのほうは探索なさっているでしょうが、あまり力を入れられないのでは」

「殺された女の人、酷く殴られたり蹴られたりしていたっていいますよね」

「男遊びが激しかったみたいだから、そのいざこざによる殺しと見られているようだね。奉行所はその線で探索を進めているんじゃないかな。ちゃんと探索しているのなら、な」

吾平がそう言うと、お茶を啜る里緒の隣で、お竹が手を打った。

「きっと下手人は、金色《こんじき》の偽髑髏に触発されて、それを真似て金箔を死体の頬に擦りつけたんですよ。それに違いありません」

「わざわざ騒ぎを大きくしようとしたってこと？　瓦版には書かれていたわね。見つかった遺体には、金色の死化粧が施されていたなどと」

吾平が苦笑した。

「金色の死化粧とは、煽《あお》るような文句をよく考えつきますよ。こんなご時世、もう少し心温まることを書いてくれりゃいいものを」

お竹は大きく頷いた。

「本当ですよ。狼男なんてのまでが現れると聞いて、ぞっとしましたよ」

「なあに、その狼男って？」

里緒が大きな目をさらに見開く。お竹は瓦版を賑わせていた狼男について、説明した。

里緒と吾平は神妙な顔で聞き、目を見交わす。顎に指を当て、里緒は考えを述べた。

「狼男に驚かされた人が金品を奪われたというからには、やはりただの追剝ではないかしら。おそらく誰かが化けているのでしょう。考えられるのは、見世物小屋の芸人、あるいは軽業師《かるわざし》、役者などかしら。変装するのに慣れている人よ。この辺りの寺社は火事の影響で自粛しているところが多いけれど、回向院のように御開帳も通常どおりに行っているところもあるでしょう。見世物小屋や芝居小屋なども出ているのではないかしら」

「ああ、確かに。回向院でも、数は少ないものの、そのような小屋がいくつか建っていました」

御開帳の時季に合わせて、寺社には見世物小屋などが建つようになるのだ。その見世物小屋には、全身毛だらけの熊女などが登場することもある。お竹は溜息をついた。

「それならば早く捕まるでしょうね。しかし、本当に物騒です。私はてっきり、火事で生活に困った者がやったことかと思いましたよ」

大火が残した爪痕の深さを思い、里緒たちはしんみりとする。

「命を奪うまではしないようだから、まだいいか。しかし気をつけないとな。狼男は、ここら辺にも、そのうち現れるかもしれないぜ」

「嫌だ、怖いこと言わないでくださいよ」

身震いするお竹の隣で、里緒の表情もなにやら強張っていく。

「誰かが化けているのだとは思うけれど……本当にいるとしたら恐ろしいわね」

「天狗《てんぐ》や河童《かっぱ》を実際に見たって者は数多《あまた》いるのだから、狼男が実在していても不思議ではありませんよ。戸締り、一段としっかりすることにしましょう」

吾平が低い声で言うと、里緒とお竹は息を呑んだ。


翌々日、徳兵衛はまた来ると約束して、満足げな顔で帰っていった。

そんな折、狼男の噂は、山之宿の辺りにまで広まってきた。狼男は夜道に不意に現れ、人の前に立ち塞がり、衿巻を外して胸元をはだけ、毛むくじゃらの姿で吠えるのだという。新たに犠牲になったのも、大店の大旦那だった。驚いて腰を抜かした大旦那に、狼男はついに襲いかかったそうだ。大旦那に覆い被さり、顔を近づけて地鳴りのような低い声で喚いたという。

大旦那は衝撃で失神してしまい、気づいた時には番所で寝かされていて、所持していた金品はすべて奪われていたそうだ。その大旦那の話によると、狼男は身の丈高く細身で、目が異様に光っていて、とにかく素早く、その姿はまさに狼そのものだったという。

初めは狼男の噂など眉唾だと思っていた里緒たちだが、段々と恐ろしくなってきた。吾平が言うように、天狗や河童が本当にいるのならば、狼男がいても不思議ではないからだ。

お栄とお初も、狼男の噂に怖気《おじけ》づいている。そんな二人に、幸作が声をかけた。

「大丈夫だよ。狼男が襲いかかっているのは皆、男だろ。それに人を食うなんてことは、まだしてないみたいだし」

「恐ろしいことを言わないでください！」

お栄とお初はますます震え上がるのだった。

いろいろと物騒なことはあっても、里緒は気丈に働き、再び御救小屋へ手伝いにいった。この前振る舞った、みたらし団子が好評で、また来てほしいと頼まれたのだ。今日は幸作だけでなく、せせらぎ通りのおかみさんたちも一緒だ。小間物屋のお内儀のお蔦《つた》と、菓子屋の女房のお篠《しの》である。里緒が話したところ、手伝うことを承諾してくれたのだ。

お蔦は、齢四十一で、ふくよかで優しげな面持ちの女だ。お篠は齢六十一で、洒落《しゃれ》た雰囲気の、山之宿町でも名高い粋《いき》な婆様である。お蔦とお篠も里緒を小さい頃から可愛がってくれていて、里緒も二人を慕っていた。

「お忙しいところ、それも雨の中、すみません」

「気にしないでよ。私たちが手伝うって言ったんだからさ」

傘を差しての道すがら、お篠が朗らかに笑う。お蔦も口を挟んだ。

「そうよ。それに、幸作さんと二人だけじゃ、炊き出しはたいへんよ。これからも手伝うから、声をかけてね」

「ありがとうございます。いつも甘えてばかりで、申し訳ないです」

「なに言ってんのさ。私なんて、里緒ちゃんが赤ちゃんの時から知ってて、襁褓《むつき》だって替えたことがあるんだ。いわばお祖母ちゃんみたいなものなんだから、もっと甘えてくれていいんだよ」

お篠は甲高《かんだか》い笑い声を上げる。

「はい、甘えさせていただきます」

お蔦とお篠に挟まれながら、里緒は心強く思っていた。

今日は小雨が降っているので、御救小屋の中で作らせてもらった。小屋に集う人々が、前に来た時より僅かに減っているのは、急いで建て直された長屋に移り始めているからなのだろう。あるいは……病で命を落としてしまった人もいるかもしれない。

里緒は気持ちを切り替えて皆を励ますような笑みを浮かべ、せっせと作っていく。今日は饂飩粉を練って千切《ちぎ》って丸める、すいとんだ。

この前はみたらし団子を米と饂飩粉と片栗粉、調味料で作ったが、今回は種類を増やそうと、里緒、お篠、お蔦で小豆《あずき》を持ち寄った。汁粉《しるこ》風のすいとんを作るためだ。滋養のある小豆は、躰が弱っている御救小屋の人々を元気づけてくれるだろうと、里緒たちは考えた。

里緒と幸作で小豆の下ごしらえは済ませているので、七輪《しちりん》にかけて砂糖や塩を加えて煮詰めていく。七輪はいくつか用意してあるから、一度に多くの量を作れた。御救小屋に、甘い香りが漂い、皆、鼻を動かし始める。待ち切れずに、既に列を成している者もいた。

里緒たちは、姉さん被りに襷がけで、手際よく饂飩粉を丸めて鍋に入れていく。手を休めずに、お篠が里緒に耳打ちした。

「山川の旦那はお見えになってないね。忙しいんだろうね」

「そのようです。落ち着くには最低一月《ひとつき》はかかるでしょうね」

「あの旦那、いい方よね。気さくで、面白いところもあって。お役人様なのに、ちっとも偉ぶってなくてね」

お蔦はふくよかな顔に笑みを浮かべる。里緒も、「本当に」と笑顔を見せた。

四月ほど前に、雪月花で里緒の二親を偲《しの》ぶ会を開き、その時に隼人も来てくれていたので、お蔦とお篠も面識があった。三回忌の法要は身内だけで済ませたが、その後でお世話になった人々を招いて、思い出話に花を咲かせながら食事を楽しんだのだ。お蔦の言葉どおり、まったく気取っていない隼人は偲ぶ会に集まった者たちにも好感を持たれたようだ。

お喋りはそこそこに、汁粉風すいとんを作り上げ、碗によそって皆に振る舞う。碗や匙《さじ》などは一人一つずつ、奉行所から配られていた。

御救小屋の人々も、少しずつ落ち着いてきているようだった。以前はもっと食べ物に目をぎらつかせて、押し合っていたが、おとなしく列に並び、静かに食べている。小さな子からお年寄りまで、皆が笑顔で頑張っている姿を見ると、里緒の胸は熱くなった。

すると、調味料を供給してくれている、醬油問屋の唐木屋と砂糖問屋の観見屋の主人が顔を見せた。里緒たちは丁寧に挨拶をした。主人たちは御救小屋をぐるりと回って、様子を見ているようだ。

「皆さん美味しそうに食べていますな。安心しました」

「作ってくださる料理が美味しいからでしょう。小豆は持ち込んでくださったのですな」

里緒は彼らに微笑んだ。

「お汁粉風のすいとんにしたのです。お砂糖はもちろん、お醬油もしっかりと使わせていただきました。お醬油を加えることによって、お砂糖の甘みがぐっと引き締まるんです」

「おお、それはよかった」

主人たちは目を細める。

「唐木屋様のお醬油は、本日は地廻《じまわ》りのほうを使わせていただきました。地廻りのものと下《くだ》りもの、両方のお醬油を供給してくださって、ありがたい限りですわ。

料理人も喜んでおります」

里緒に手招きされ、幸作もやってきて、主人たちに挨拶した。

「本当にありがとうございます。おかげで、甘辛い味付けになっております」

「足りなればすぐに追加しますので、言ってください」

「ありがたい限りです。地廻りの醤油は、野田《のだ》のものですよね」

唐木屋は答えた。

「そうです。順風ならば、高瀬舟《たかせぶね》で半日もかからずに江戸に運ばれますからね。野田の醤油は重宝《ちょうほう》します」

「味もいいですしね。色が淡い下り醤油も、料理に使いやすいです。……ところでこの砂糖も、黒糖とはちょっと違うように思うのですが。色がほんの少し薄いですよね」

幸作が首を傾げると、里緒も口を挟んだ。

「ああ、それは私も気になっておりました。黒糖なのでしょうか？」

観見屋は微笑んだ。

「うちで扱っております砂糖は、よこすかしろと呼ばれる、駿府《すんぷ》の白下糖《しろしたとう》です」

「ああ、白下糖ですか。色は似ているけれど、だから黒糖より甘さが控えめで、上品な味なんですね」

幸作は納得したようだ。観見屋の説明によると、黒糖と白下糖は、作り方は同じだが、サトウキビの種類が違うとのことだった。琉球《りゆうきゆう》や九州の離島のサトウキビで作られるものが黒糖で、四国のサトウキビで作られるものが白下糖だという。

里緒は微笑んだ。

「私も黒糖より、こちらのほうが好きな甘さです。舌触りが滑《なめ》らかで、お料理にも使いやすいし」

「それは本当によかった。どんどんお使いください」

「ありがとうございます」

里緒と幸作、その後ろでお蔦とお篠も、主人たちに礼をした。

主人たちは、これから日本橋や京橋の御救小屋も回るとのことだ。二人の背中に向かって、里緒は声をかけた。

「雨の中、ご苦労様です。足元にお気をつけくださいませ」

二人は振り返って笑顔で会釈《えしやく》をし、立ち去った。

片付けを終えて帰る頃に、奉行所の者も見廻りにきたが、隼人ではなかった。

役人に頭を下げられ、里緒たちも丁寧に礼を返す。小屋を出ようとすると、六、七つぐらいの兄妹がやってきて、おずおずと里緒たちに言った。

「美味しいものを作ってくれて、ありがとうございます」

「まあ、こちらこそありがとう。また必ず来るわね」

里緒は満面の笑みを浮かべ、兄妹の頭を撫《な》でた。小さな子の素直な言葉が胸に響いた。お篠とお蔦、幸作も微笑んでいる。兄妹は火事で親を喪った訳ではなく、親と一緒にここに避難しているようで、里緒は安心した。その子たちの親にも挨拶をし、里緒たちは御救小屋を後にした。

雨は上がり、晴れてきていた。爽やかな風が吹く中、里緒たちは穏やかな心持ちで、帰っていった。

二

数日後、雪月花に夫婦のお客が訪れた。今までに何度か泊まったことのある、武州は粕壁《かすかべ》宿で精麦店を営む、長助《ちょうすけ》とお倖《こう》だ。二人とも五十半ばで、こうして旅に出る時は、店は息子夫婦に任せているようだ。

隅田川が望める部屋へと、夫婦を通した。今日の部屋には、里緒が活《い》けた、鮮やかな色合いの山吹《やまぶき》が飾られている。

六つ（午後六時）近くになると、お竹が夕餉を運んだ。品書きは、蕗ご飯、芹と豆腐の味噌汁、メバルの煮つけ、ひじきと油揚げの煮物、タラの芽の磯辺揚げ、芹の漬物。

「どうぞゆっくりお召し上がりください。何かございましたらお声がけくださいませ」

仲睦《むつ》まじい夫婦のところに長居は無用と、お竹が膳を置いて下がろうとしたところ、長助に呼び止められた。

配膳が終わって一階へ戻ると、お竹は里緒に伝えた。

「長助様ご夫婦にも、回向院を案内してほしいと頼まれたのですが、お連れしてもよろしいでしょうか」

「もちろんよ。案内役を必要とされている方って、案外いらっしゃるのね」

「では明日、お連れします。その間、留守にしてしまいますが」

お竹がぺこりと頭を下げる。

「気にしないで。こっちは私たちがしっかりやっておくから」

里緒はお竹の肩に手を載せ、微笑んだ。雪月花のお客の数は、火事が起きる前の七、八割程度には戻ってきているが、お竹が外に出てもほかの者たちだけで回せるぐらいの忙しさだった。

翌日は快晴で、お竹は花見弁当を再び持って、長助とお侼夫婦を回向院へと案内した。秘仏を参拝し、境内を散策し、門を出る頃にはやはり八つ半近くだった。

その帰り道、先日と同じ場所で、瓦版屋が熱心に売っているのを再び見かけた。狼男の続報で、なんと見出しは《狼男は義賊なのか》だった。

狼男がまたも現れ、気絶させた者の金品を奪っていったそうだが、気になることがあるという。近頃、御救小屋に集まる者たちに、金子をばらまく者がいるそうだ。そのばらまかれた金額と、犠牲になった者たちから奪われた金品の総額がおおよそ合致することから、狼男の仕業ではないかというのだ。

瓦版屋は今日も唾を飛ばして叫んでいた。

「見かけは恐ろしき狼男！　でも、その心は意外にも情け深いのか？　さあ買った、買った」

この話題はいっそう人々の興味を惹《ひ》いたらしく、皆、摑み取るようにして瓦版を買っている。長助とお倖は目を瞬かせた。

「狼男だなんて、江戸には得体《えたい》の知れねえものがいるんだなあ」

「狼と人間を足して二で割ったみたいな風貌なのかしら。見たら私も気絶しそう」

怖がりつつ長助夫婦も一枚買う。お竹も一枚買って、帰っていった。

雪月花に戻ると、お竹は里緒と吾平に早速その瓦版を見せた。里緒は瓦版をじっくりと眺め、勘を働かせる。

「狼男って異国人とも考えられるわね。あるいは、異国人の血が混じっている人なのかしら」

「しかし狼男が義賊ってのは、面白い話ですな」

吾平が腕を組む。そこへ、お初がお茶を運んできた。すぐに下がろうとするお初に、里緒が声をかけた。

「お初さんも読んでごらんなさい。面白いことが書かれているわよ」

里緒が差し出した瓦版を眺め、お初は目を見開いた。

「狼男は、悪者ではなかったのですか」

ってことだろう」
「まあ、義賊って言葉は曖昧《あいまい》だからな。悪いことをしつつ、よいこともしている
吾平の答えに、お初は頷く。
「狼男は、見かけは怖いけれど、優しいところもあるのですね。金品を奪うのは
悪いことですが、困っている人たちを助けるのは決して悪いことではなくて、む
しろよいことですもの。見た目では測れないってことなのでしょうか」
お初なりに考えを述べるも、お竹がぴしゃりと言った。
「だからって油断しては駄目だよ、お初。狼男みたいなのが近づいてきたら、大
声上げて逃げなさいよ」
「はい。気をつけます」
お初は肩を竦めた。

その頃、隼人は狼男の正体を摑むべく、手下の半太と亀吉に探らせていた。半
太は齢二十三、小柄な躰を生かしてすばしっこく嗅ぎ回る。荒物《あらもの》屋を営んでいる
姉夫婦のところへ居候《いそうろう》させてもらって、岡っ引きの仕事に精を出していた。
隼人も里緒と同じく、見世物小屋や芝居小屋に出ている者が化けているのでは

ないかと察しをつけ、二人にめぼしい小屋を見張らせていたが、それらしき者はまだ摑めなかった。正体がはっきりしないので、半太は段々と気味が悪くなってきたようだ。夜の見張りは、よけいに応《こた》えるのだろう。

「半分人間で、半分狼の妖《あやかし》なんて、本当にいたら恐ろしいなあ」

「でもよ、奴は金持ちしか狙ってねえから、あっしらみたいなのには襲ってこねえよ。安心しな」

「で、でも、亀吉兄さん、万が一ってこともあるだろう？　どうしよう。おいら、狼男に出くわしちまったら、ちびっちまうかも」

躰をぶるっと震わせる半太を見やり、亀吉は顔を顰めた。

「あんまりビビるなよ。こっちまで、なにやら怖え気分になってくるぜ」

「でもよ、兄さん。世の中には変わった奴らがいてよ、狼男の贔屓までできているようだぜ。役者に贔屓がつくようにさ」

「狼男さんカッコいい、って訳か？　けっ、しゃらくせえ」

「瓦版が、狼男は義賊説を書き立てたからね。あれで一躍、悪者から英雄に変わっちまった」

「狼男の一件は、あの瓦版屋がすっぱ抜いてたから、ずいぶん儲けただろうな。

今じゃほかの瓦版屋も狼男のことを書いているけれど、後を追う感じで、大した中身じゃねえしな」

「狼男の人気が出てきた今、どこも狼男の話を書けば売れるみたいだよ。狼男に会いたい人たちが集まって、月が見える夜に町を散策したりしてるんだってさ」

亀吉は舌打ちをした。

「狼男も狼男だが、そいつらもそいつらだ。妙な真似をしやがってよ。火事のごたごたで、江戸の町の皆は、変に昂《たかぶ》っちまっているのかもしれねえなあ」

「そうかもしれないね。これ以上の騒ぎが起きなきゃいいけど」

二人は顔を見合わせ、溜息をついた。

弥生も下旬になると、桜の風景は新緑のそれへと移り変わっていく。清々《すがすが》しい葉桜に時折目をやりつつ、里緒は旅籠の前を箒で掃いていた。すると半太が現れたので、里緒は挨拶した。

「お疲れさまです。お元気そうでよかったわ」

「女将さんも。あ、ちょっといいですか」

「何かありました?」

「山川の旦那からの言伝《ことづて》です。女将さんの耳にも入れておくようにと」

「ならば、中で聞きましょうか。半太さんのお顔を見たら、お初さんも喜ぶわ」

半太は頬を微かに赤らめ、頭を掻いた。以前、お初が危険な目に遭った時、半太は活躍を見せ、それから二人は仄かによい間柄なのだ。

「え……そんな。照れるなあ」

里緒は半太の背を押し、旅籠の中へと入れてしまった。


里緒は半太を広間に通し、お竹と二人で話を聞くことにした。お初がお茶と白玉団子を運んでくる。

「ごゆっくり、どうぞ」

お初は半太にぎこちなく微笑みかけ、丁寧に礼をして下がった。初々《ういうい》しく恥じらっている二人に、里緒とお竹も思わず笑みを浮かべてしまう。

「では、いただきます」

半太はお茶を一口啜り、黄粉《きなこ》がたっぷりかかった白玉団子に舌鼓《したつづみ》を打つ。夢中で味わい、半太はまたお茶を飲んで、話を切り出した。

「それで、旦那からの言伝といいますのは、狼男に関することなんです」

「まあ、どのようなことでしょう」

狼男と聞き、里緒とお竹は姿勢を正す。

「巷《ちまた》に、狼男は義賊だ、困った者たちに盗んだ金子を分け与えている実はよい奴だ、などという噂が流れていますが、決して信じないようにとのことです。狼男は、ついに本性を見せ始めたのです。やはり悪い奴だったんですよ」

里緒とお竹は顔を見合わせた。

「本性とは、どのようなものでしょう」

「このところ、三件続けて騒ぎを起こしたのですが、三件とも気絶させただけでなく殴打しているし、盗んだ金を御救小屋の人々に与えるということもしていないんです。これでは単なる強盗です」

「まあ」

里緒とお竹は目を見開く。堕ちた狼男、などという瓦版の見出しが目に浮かぶようだ。

「狼男も、暮らしに困ってきて、人に与えるどころではなくなってしまったのかしらね」

息をつくお竹の隣で、里緒は首を傾げる。

「狼男はどのような暮らしをしているのかしら。金子など必要ないようにも思うけれど。買い物などをするのかしら」

「もしや手下や雇い人がいるのかもしれません」

半太の答えに、里緒は目を瞬かせた。

「なるほど。でも、その逆も考えられないかしら。狼男が誰かに使われている、とか。その雇い主に命じられて、義賊のようなことをしていたのだけれど、何かの事情があって、雇い主の命令が変わってしまったのでは」

半太は膝を打った。

「ああ、そのほうがしっくりきますね。そうか、誰かが狼男に指示していたとも考えられるんだ」

里緒もお茶を一口飲み、頭を働かせる。里緒が顎に人差し指を当てている時は、めまぐるしく推測している時だ。それを知っているお竹は、またかと、半ば呆れ、半ば期待して見守る。里緒は半太に訊ねた。

「それで、山川様は狼男の件について探索なさっているのですか」

「旦那はお忙しいので直接はしていません。狼男は人を殺してはいませんから、旦那が出張《でば》ることもないのです。それでも世を騒がせている事件なので、亀吉兄さんやおいらが探っているって訳です。旦那だって、解決したい気持ちは山々ですよ」

里緒はお茶をまた一口啜った。

「では、今から私が言うことを山川様にお伝えしてほしいのだけれど……こうも考えられないかしら。その最近続いた三件は、狼男の偽者《にせもの》の仕業ではないか、って」

半太は目を丸くした。

「ああ、そうか。そうとも考えられるな」

「おそらく山川様も、そのことには漠然《ばくぜん》と気づいていらっしゃるとは思うの。狼男を真似した、偽者がやっていることではないか、と。その偽者は、狼男に憧れているのかもしれないわ。自分も注目を浴びたいのでしょう」

「じゃあ、金子を奪うことが目的ではないんでしょうか」

「金子がほしかったこともあるでしょうが、それだけではなく、狼男のように世間を騒がせたくてしているような気がするわ。でも偽者の狼男は、本物の狼男ほどの度量は持ち合わせていないから、ただ上辺《うわべ》を真似ただけなのよ。金子を盗んだ相手を殴っていたのも、簡単に気絶させたかったからでしょう」

「なるほどなあ。さすが女将さん、相変わらず冴《さ》えていらっしゃる」

半太は腕を組み、大きく頷く。お竹が口を挟んだ。

「その偽者は狼男に変装しているってことですよね。じゃあ、本物の狼男は結局のところ、どうなんでしょう。本当にそんな半獣半人が江戸の町に出没するのか、それとも誰かが化けているのか、どちらなのかしら。化けているとしたら、やはり見世物小屋や芝居小屋の者たちが怪しいですよね」

「そう踏んで色々な小屋を見張っているんですが、なかなか尻尾《しっぽ》を摑めないんですよ。この時季はあちこちの寺にも小屋が建っているから、見落としているところもあるでしょうが」

半太は溜息をつく。里緒はまた顎に指を当てた。

「ねえ、半太さん。狼男のことを一番初めに書いた瓦版屋を見張ってみては如何《いかが》かしら」

半太とお竹は里緒を見つめた。

「回向院の近くで売り捌いていた、あの瓦版屋ですか」

「ええ。あの瓦版屋は、狼男のおかげで、かなり儲けたと思うの。それに……狼男のことを、どこよりも早く摑んでいたでしょう。御救小屋の人々に金子をばらまいていたなどということも。なにやら、変な感じがするわ」

「言われてみれば……」

「瓦版屋が一枚嚙んでるってことですか」

半太が身を乗り出す。

「まだ分からないけれど……。瓦版屋を探ってみる価値はあると思うのよ。もし瓦版屋と狼男が繫がっているとしたら、その線で狼男の正体も摑めるかもしれないわ」

「仰《おっしゃ》るとおりと思います。女将さんのご推測を旦那にお伝えして、瓦版屋を見張らせてもらうことにします」

半太は里緒に厚く礼を述べ、意気込んで帰っていった。


その夜、隼人がくたくたになって役宅に帰ると、下働きの杉造《すぎぞう》とお熊《くま》が出迎えた。杉造は齢五十七、小柄で柔和《にゅうわ》な男で、いつも淡々と仕事をこなしている。お熊は齢五十六、よく肥えていて大きなだみ声が特徴だ。二人とも隼人が生まれる前から、山川家に奉公している。

ちなみに隼人の父の隼一郎《じゅんいちろう》は四年前に他界し、母の志保《しほ》は日暮里《にっぽり》で下働きの女と一緒にのんびり暮らしている。隼人はそろそろ母といっしょに住みたいと思っているのだが、志保は風光明媚《ふうこうめいび》な日暮しの里が気に入っているようで、なかなかそこを離れようとしなかった。

姉の志津《しづ》は御徒衆《おかちしゆう》の宇佐見和馬《うさみかずま》に嫁ぎ、一男一女をもうけていた。隼人はこの甥《おい》と姪《めい》をとても可愛がっている。

つまりはこの八丁堀《はつちようぼり》の役宅に今住んでいるのは、隼人と杉造とお熊だけである。時折、半太や亀吉が泊まっていくこともあった。

玄関で、お熊がだみ声を響かせた。

「旦那様、お帰りなさいませ。本日も遅くまでお疲れさまでございました」

「うむ。さすがに疲れたよ」

このところ奉行所の者たちは連日、木戸が閉まる頃まで夜も交替で見廻りをしていた。隼人は今日、当番だったのだ。

「先ほど、半太さんと亀吉さんがいらしたので、上がってもらいました」

「そうか。何か出したか」

「お茶とお菓子をお出ししておきました」

「じゃあ、蕎麦か饂飩か何かも出してやってくれ。俺にも頼む。腹が減っちまった」

「かしこまりました。すぐにお作りします」

杉造は急いで台所へと向かい、お熊は隼人から荷物と羽織を受け取り、隼人は岡っ引きたちが待つ居間へ入った。

「おう、ご苦労」

「夜分遅くにすみません。すぐにお暇《いとま》しますので」

半太と亀吉は頭を下げる。隼人はどっかと座り、胡坐《あぐら》をかいた。

「別にすぐに帰らなくてもいいぜ。ここで息抜きしていけよ」

「お気遣い、ありがとうございやす。半太が、相談したいことがあるそうです」

隼人は半太に目をやる。

「はい。今日、旦那からの言伝を報せに、雪月花に行きました。その時、女将さんから、狼男についての推測を聞いたんです。本物の狼男と、偽者の狼男がいるのではないか、と」

半太は里緒から聞かされたことを、隼人に話した。隼人は腕を組み、頷いた。

「うむ。やはり鋭いな。まあ、近頃出没する狼男はもしや偽者ではないかと、俺も勘繰《かんぐ》ってはいたが。そうか……本物の狼男に、瓦版屋が嚙んでいるってのは、ありえるな」

　隼人は顎をさすりつつ考えを巡らせ、二人に命じた。

「よし。半太、お前はその両国辺りの瓦版屋をあたってくれ」

「合点《がってん》承知です」

「亀吉、お前は夜の町の見廻りを続け、もし狼男らしき者が現れたら、とにかく追ってくれねえか。俺たちも、見つけたら全力で追いかけるからよ」

「かしこまりやした。逃がしませんぜ」

　二人は力強く返事をする。半太が訊ねた。

「狼男が現れるのは、月が見える夜ですよね。これから月が欠けていって、どんどん見えなくなっていくから、その間は出没しないのでしょうか」

「それは分からねえ。本物はおとなしくなるかもしれねえが、もしや、偽者は却ってそういう時に動くかもしれねえな」

　三人は目を見交わす。

「本物も偽者も、とっ捕まえちまいやしょう」

　隼人たちは頷き合った。

　そこへ、お熊が夜食を運んできた。

「熱いので、気をつけてお召し上がりください」

湯気の立つ、月見とろろ蕎麦だ。刻んだ分葱もたっぷりかかっている。三人は喉を鳴らし、碗を持つ。鰹《かつお》出汁の利いた汁をずずっと啜り、とろろと黄身が絡んだ蕎麦を手繰《たぐ》る。

「仕事の疲れも吹き飛びやす」

亀吉が唸《うな》った。

男たちはあっという間に蕎麦を平らげ、腹をさすった。お茶を飲みながら、隼人が不意に訊ねた。

「里緒さんは元気だったかい」

「ええ、とても。皆さんお元気でしたよ」

半太は微かに含み笑いをした。隼人は怪訝そうに半太を見た。

「なんだよ」

「いえ、気になるんだったら、旦那も行けばいいじゃないですか。女将さんに会いに」

隼人は咳払いをした。

「このところ忙しいからな。里緒さんたちだって忙しいだろう。俺みたいなむさ苦しい男がそうちょくちょく押しかけちゃ、悪いだろうよ」

「そんなことねえですよ。女将さん、待っているかもしれませんぜ、旦那のことを」

亀吉も含み笑いで、隼人を眺める。岡っ引き二人に見つめられ、隼人は言葉を一瞬失ってしまった。

「……まあ、そのうち顔を出してみるさ。来月になって、大火で亡くなった人々の合同供養が済めば、だいぶ落ち着くだろうからな」

「来月の四日頃ですよね。回向院で行うと聞いています」

「ああ、そうだ。一日では終わらねえだろうな。二日か三日ぐらい続けて行うと思うぜ。その際の警護が、また一苦労だろう」

「本当に、たくさんの方が亡くなりましたもんね」

半太と亀吉はそっと目を伏せる。

「そうだな。亡くなった人々が無事に極楽浄土へ逝けるよう、冥福《めいふく》を祈らなければな」

隼人の言葉に、二人は大きく頷いた。

木戸が閉じてしまったので、半太と亀吉はそのまま隼人のところへ泊まることになった。恐縮する二人に、隼人は笑った。

「いいってことよ。お前ら遠慮し過ぎだぜ。同心のところに入り浸《びた》って、住みついちまう岡っ引きだっているのによ」

布団を敷きながら、お熊が続けた。

「旦那様、うちも離れを建てて、この人たちにお貸ししましょうかね」

「おう、それはよい考えだ。お前ら、どうだ。安くしとくぜ。ここの住み心地は最高だ。朝餉と夕餉がついて、おまけにこのお熊婆さんまでついてるからな」

がはは、と笑う隼人とお熊の前で、半太と亀吉は身を縮こませて頭を掻くばかりだった。

三

半太は瓦版屋〈精筆堂《せいひつ》〉を熱心に見張り続けた。ある夜、主人が、人目を忍ぶようにそそくさと出かけていくのを目撃した。半太は気取《けど》られぬように注意を払いつつ、後を尾《つ》けた。すると主人は一ツ目之橋《ひとつめのはし》を渡り、ある寺の近くまで来て、その裏手に回った。主人はそこで、何者かと声を潜めて暫く話していた。相手はどうやら、その寺の寺男のようだ。寺男とは、寺に雇われて雑役をする下男のことである。寺男は細身だが丈高く、目つきが鋭かった。

半太がそのことを報せると、隼人は顎をさすって低い声で命じた。

「臭うので、しっかり張りついていてくれ」

「合点です」

半太は目を光らせ、いっそう瓦版屋を見張った。折を見ては寺のほうへも足を延ばし、寺男の様子を窺《うかが》った。瓦版屋の周りに聞き込んでみると、このような話を知り得た。

「精筆堂さんは昨年頃から売り上げが伸び悩んでいたようで、店を仕舞うのではないかと噂されていたんですよ。ところが狼男の瓦版が評判を呼んで、このところ絶好調でしょう。陰では皆、こんなふうに言ってますよ。あそこは、狼男様々だろうね、と」

そしてついに、細い三日月が輝く夜、半太は動かぬ証《あかし》を摑んだ。その日、半太はなにやら胸騒ぎを覚え、日が暮れると寺男を見張っていた。すると五つ半（午後九時）を過ぎた頃、寺男がこっそり寺を抜け出すのを見た。寺男は顔に衿巻を巻いていた。月明りが乏《とぼ》しい夜、その姿ははっきりとは分からなかったが、半太は直感した。この寺男が、おそらく人々を驚かせている狼男なのだろうと。編み笠を被り、袈裟《けさ》を纏った寺男の躰は、細身の割にやけに膨《ふく》れてみえる。中に何かを着込んでいると思われた。

調べてみたところ、その寺でも参拝客を集めるために、よく見世物小屋を建てているようだ。そのような小屋の者たちの見様見真似で、変装の術《すべ》を覚えることはできるだろう。

半太は見逃さぬよう、目を凝らして寺男を尾けた。寺男は竪川《たてかわ》に沿って素早く進み、三ツ目之橋の辺りまで行くと、柳の下に身を潜め、編み笠と袈裟を取った。その姿は、まさに狼男だった。夜目なので、よけいにそう見えるのかもしれない。半太は息を呑んだ。

寺男は狼男と化し、闇に紛れる。毛を植えた肌着を身につけていると思われたが、やけに真に迫っており、呻《うめ》き声まで聞こえてきそうだった。

寺男は暫く潜んでいたが、獲物になりそうな男が通りかかると、襲いかかった。

「うわああっ」

ほろ酔い加減の男は驚き、提灯を落として尻餅をつく。狼男に扮した寺男は、威嚇《いかく》するかのように吠えた。本物の獣のような啼《な》き声に、半太も思わず身を震わせる。しかし怯《ひる》んではならぬと、狼男が獲物に覆い被さった時、半太は腹の底から叫んだ。

「狼男が出たぞ！　おい、誰かきてくれ！　狼男が人を襲っている！」

狼男に扮した寺男が、半太のほうを振り返った。その目は異様な光を放ち、牙も本当に生えているかのように見える。半太は後ずさりながらも、叫び続けた。

狼男が出た、と。

狼男が立ち上がり、半太のほうへ飛びかかろうとした時、人がやってきた。

「おい、どうした」

近くを見廻っていた奉行所の者だ。岡っ引きもついている。半太は指を差して、大声を放った。

「あいつです、あいつが狼男です」

「なんだと」

その途端、狼男は逃げ出した。半太たちは後を追いかける。狼男は目にも留まらぬ速さで闇の中を駆け抜けたが、半太たちも負けてはいない。狼男が寺の中に逃げ込んだところを、しっかり見届けることができた。

瓦版屋の主人と寺男は奉行所に引っ張られ、調べを受けた。狼男の一件は、懇意の仲のこの二人が仕組んだものであり、つまりは、でっち上げだったのだ。

瓦版屋は、売り上げが伸び悩んでいたので、自作自演でも瓦版を売り飛ばしたかったようだ。

「近頃、どの瓦版屋も火事のことばかり書いていたので、似たり寄ったりの内容では、大当たりを取ることなどできません。それで……つい。祖父の代から続いておりましたうちの店を、どうしても仕舞いたくはなかったのです。自分勝手な思いで、世を騒がせてしまいましたこと、深く反省しております。申し訳ございませんでした」

精筆堂の主人は憔悴《しょうすい》した顔で涙を流した。

寺男の伍七《ごしち》も自分の非を認め、項垂《うなだ》れた。伍七は、先日の火事で自分を育ててくれた叔母と従姉《いとこ》を喪い、悲しみに暮れるうちに、困っている人々の力に少しでもなりたいという気持ちが込み上げてきたという。そんな折、精筆堂の主人から話を持ちかけられた。狼男に扮して、世を騒がせてみないか、と。

二人は相談し、狼男は実は義賊だったというその後の展開まで考え、実行に移したのだった。伍七は背が高く、毛深く、引き締まった躰をしている。そのような躰の特徴を生かして、狼男に扮した。寺に建つ見世物小屋を時折覗いていたので、見様見真似で、半獣半人に化けることはそれほど難しくはなかったそうだ。

伍七も涙交じりで語った。

「悪いことをしたと思っています。本当に申し訳ございませんでした。……でも、このようなご時世に、吉原などの盛り場で遊び惚《ほう》けている人々を見ていると、なにやら腹立たしかったことは事実です。家族や家屋を喪って、辛い思いをしている者たちが溢れているのに」

吟味方《ぎんみかた》から報せを聞いた鳴海《なるみ》は、浮かない顔で同心部屋に戻ってきた。鳴海は、隼人の先輩同心である。

「どうでしたか」

隼人が訊ねると、鳴海は溜息をつきつつ、伍七の言い分を話した。

「返す言葉がなかった。まあ、罪は罪だと厳しく言っておいたが」

「罪を憎んで人を憎まず。そのような言葉が浮かびます」

隼人も考えてしまうのだった。

二人の供述によると、近頃出没していた狼男は、やはり偽者のようであった。

精筆堂の主人と伍七は、盗みが目的のような真似は誓ってしていないと言い張り、その言葉には嘘はないと思われた。

そこで半太や亀吉だけでなく、奉行所の者たちも夜警にいっそう力を入れ、間もなく、偽者の狼男も捕らえることができた。偽者はだいたい下谷《したや》辺りに出没していたので、その近辺を熱心に見張ったのだ。

偽者の狼男は、部屋住みの立場に鬱屈《うっくつ》している、旗本《はたもと》の次男だった。話題の狼男に扮して、人々を驚かせることで憂さ晴らしをしていたという訳だ。金品は奪ったものの、使わずに隠していたようだ。

瓦版屋の精筆堂は世を騒乱させた咎《とが》で闕所《けっしょ》となり、主人は江戸払いとなった。寺男の伍七も江戸払いで済んだが、旗本の次男は勘当追放され、その親は御役《おやく》御免《ごめん》のうえ小普請《こぶしん》入りとなった。

狼男の事件はこれにて落着し、ほっとしたのも束の間、両国橋近くの川べりで、またも女の死体が見つかった。今回も狼男の噂が起きたところとそう離れておらず、女の頰にはやはり金箔が貼られていた。

女は十七、八ぐらいで、死臭を感じさせぬほどに馨しい匂いがしていたのも、前の死体と同様だった。

隼人が出張り、死体を引き取り、調べてもらった。死体は酷く殴られたり蹴られたりしており、これもまた、前と同様であった。

医者は隼人に報せた。

「今回も金箔はべったりと貼られています。前回と同じく、金粉状にしてから何かを混ぜて塗りつけたのでしょう。無理に拭おうとしたら肌が擦れてなにやら爛《ただ》れたようになってしまいました。もしこれを拭い取るとしたら、削ることになってしまいますが」

「削るまではしなくていいですよ。仏さんは女《おなご》ですし、気の毒だ。しかし、どのようなものを混ぜているのでしょう」

「強力な膠でしょうか。もしや南蛮《なんばん》渡来のものかもしれません」

「この濃厚な香りも、南蛮渡来の香り水かもしれませんな」

「そのようですね」

「それで死因は、やはり殴られたことによる、臓腑《ぞうふ》の破裂でしょうか」

医者は首を傾げた。

「おそらくそうなのでしょうが、まだはっきりとは摑めていないのです。なにやら血も少なくなっているようですし。一応、口の中に銀簪《ぎんかんざし》を挿《さ》し入れてみましたが変色しませんでしたので、毒殺ではないようです。引き続き、調べてみます。申し訳ありません」

「いやいや、よくやってくれています。ゆっくり調べてください」

「承知しました。ところで今回も、凌辱の跡は見られませんでした」

「そうですか……」

隼人は顎をさすりつつ、考えを巡らせた。

——この前も今回も、被害に遭ったのは、若くて、そこそこ見栄えのいい女だ。そのような女を痛めつけておいて、犯さない。そして顔に金箔を貼りつける。いったいどういうことなのだろう。下手人《げしゅにん》は何が目的なんだ。

殴打の激しさを見れば、女がやったとは考えにくい。下手人が複数で、その中に女がいるとは考えられても、殴る蹴るの暴行をしたのは明らかに男であろう。

——男ならば、二人の女に何か恨みがあった者なのか。

頬に金箔を貼られた女の死体が続けて見つかり、さすがに隼人も後回しにしていられなくなってきた。前回と今回の死体に共通していることも、隼人は気になった。金箔のみならず、染みついていた馨しい匂い、若い女、酷く殴られているのに凌辱された跡はない、そして発見されたのが妙な騒ぎが起きたところの近く、ということだ。前の死体は、金色偽髑髏の騒ぎがあった木母寺の近くで見つかった。今度の死体は、狼男の騒ぎがあった両国の近くで見つかっている。

今度の女はまだ身元が割れていなかったので、直ちに半太と亀吉に探らせたところ、報せを持ってきた。女はお袖《そで》という名で、日本橋の呉服屋で針子《はりこ》をしていたという。亀吉が伝えた。

「前の女は男遊びが激しかったみてえですが、今度の女はそのような話は聞きやせんでした。恋人はいたみてえですが、一途だったそうですぜ」

「そうか。お順とお袖に接点はまだ見つかっていねえようだな」

「はい。まだ突き止めてやせん」

「うむ。……下手人は女たちの共通の知り合いって訳ではなくて、通りすがりの者かもしれねえな。どこかに潜んで、獲物を探しているのだろうか」

「そうなると、見つけるのが困難になってきやすね」

半太が腕を組む。隼人は少し考え、二人に命じた。

「引き続き、お順とお袖を、とにかく探ってみてくれ。お順が殺される前に親しくしていたという、居酒屋の客だった男が気になる。そいつを探り出してくれねえか。そいつがいかれた奴で、お順を殺《や》って味を占めて、似たような女を見つけて、二度目に及んだかもしれねえからな。似たような手口でよ」

「ああ、そうかもしれやせん」

「あり得ますね。早速探ってきます」

半太と亀吉は隼人に一礼し、駆け出していく。手下たちの後ろ姿を、隼人は頼もしい思いで眺めつつ、ふと考える。

——金箔には、何か意味があると思っていたが、本当にそうなのだろうか。頭のいかれた奴がやっていることなら、特別な意味はねえのかもしれねえ。隅田堤の桜の下に埋められていた、金色の偽髑髏の一件。あれに触発されて、騒ぎを大きくしたくて、金箔を死体の頬にくっつけるなんてことをしているんじゃねえかな。……それとも、あの偽髑髏の一件と、本当に何か関わっているのだろうか。

隼人は推測し始める。その頃、雪月花で皆から事件の話を聞きながら、里緒も同じことを考えていた。


五つを過ぎて幸作が帰ると、里緒は自分の部屋で名刺を作り始めた。発つお客たちに雪月花弁当を渡す時、必ず名刺を添えるようにしているのだ。里緒は名刺に、旅籠の名や在所のほか、お礼の言葉も必ず記していた。

すると襖《ふすま》越しに、お竹の声がした。

「山川様がお見えになりましたが、お通ししましょうか」

里緒は立ち上がり、襖を開いた。お竹と目が合い、里緒は笑顔で頷く。瑠璃紺《るりこん》色の着物の衿元を直しながら、里緒は玄関へと向かった。帳場から吾平も顔を出し、隼人を迎えていた。

「山川様、いらっしゃいませ」

里緒は指を突き、隼人に丁寧に礼をする。隼人は照れくさそうな笑みを浮かべた。

「すまんな、こんな刻限に押しかけちまって」

里緒は首を横に振り、微笑んだ。

「お待ちしておりました。どうぞお上がりくださいませ」

吾平が口を挟んだ。

「旦那、お急ぎにならなくてもよろしいですよ。どうですか、たまにはうちに泊まっていらっしゃれば」

「それはいい考えね。旦那なら、お代はいりませんよ」

お竹が調子よく続ける。里緒は二人を軽く睨《にら》んだ。

「駄目よ、厚かましいことを言っては。山川様にだってご都合があるのよ。それに、山川様には立派なお屋敷があるのですから」

隼人は苦笑いだ。

「いやいや、立派なんてことはねえよ。そうだな、たまにはここに泊まるってのもいいかもしれんな。でも今日はやめとくぜ。あまりに図々《ずうずう》しいからな。泊まる時はちゃんと前もって言うからよ」

「その時は張り切っておもてなしさせていただきますよ」

お竹が意気込み、玄関に笑い声が響く。

――隼人様がお見えになると、空気が和んで、明るい雰囲気になるわ。

里緒は目を細めて、隼人を見つめた。

隼人を自分の部屋へと通し、里緒は訊ねた。

「隼人様、お腹は空いていらっしゃいませんか」

隼人は里緒に、自分のことを名前で呼ぶように言っていた。

「うむ。小腹は空いているが、気を遣わねえでくれ。……まあ、久しぶりに里緒さんの手料理を食べてみたくはあるがな」

里緒はにっこりした。

「ならば遠慮なさらず。ささっと作ってすぐにお持ちしますので、少しお待ちください」

里緒はいそいそと部屋を出ていく。柳腰の嫋やかな後ろ姿に目をやり、隼人は照れる。白檀《びゃくだん》が仄かに薫る部屋の中、隼人は姿勢を正した。手持ち無沙汰に、部屋を眺める。仏壇には、雪柳《ゆきやなぎ》の切り枝と干菓子《ひがし》が供えられていた。

雪柳は名のとおり真白な花だ。その様は、まさに柳に雪が降り積もっているかの如くだが、花が咲くのは暖かくなってからだった。

少しして、里緒が膳を持って戻ってきた。

「卵と韮《にら》のお饂飩です。お召し上がりください」

湯気が立つ饂飩の円《まろ》やかな匂いを吸い込み、隼人は眦を下げる。味噌味の汁に、溶き入れた卵がふんわりと浮かんでいる。卵と韮の彩りは、食欲を誘った。

隼人が勢いよく饂飩を啜る音が、里緒の部屋に響く。笑みを浮かべている里緒に、隼人は食べながら訊ねた。

「ところでお栄にちょっと話を聞きてえんだが、呼んでもらえるかい？　金色の偽髑髏を掘り起こした時、お栄はその場にいたんだよな」

「はい。仰るとおりです。掘り起こしたのが、うちに泊まっていらした力士さんたちで、お栄が付き添っていたのです。お花見の案内役として」

「実際に近くで見ているんだな」

「はい。隼人様、少しお待ちくださいませ」

里緒は急いで立ち上がり、お栄を呼びにいった。この刻限は、お栄とお初も自分たちの部屋で一息ついている。部屋を覗くと、お初は湯を浴びにいっているようだが、お栄は残っていた。

お栄を連れて戻ると、隼人は既に食べ終えていた。

「悪いな、休んでいるところ」

「いいえ。山川様こそ、遅くまでお疲れさまです」

背筋を伸ばすお栄に、隼人は金色の偽髑髏を見つけた時の様子を詳しく訊ねた。お栄はしっかりと答えていった。

「そうか。白鬚神社の前辺りで、犬が吠えていたっていうんだな。で、犬は、偽髑髏に染みついた強い香りに反応していたのではねえかと」

「はい。悪臭ではないのですが、甘過ぎるといいますか濃過ぎるといいますか、独特な香りでした。ずっと嗅いでいると、頭が痛くなってくるような」

「その濃厚な匂いってのは、金箔が顔に貼られていた死体からもしたんだな。やはり関係があるのか、それとも、ねえのか。それにしても奇妙な話だ。……里緒さんは、その偽髑髏の話を聞いた時、どう考えたんだい？」

里緒は顎に指をそっと当て、答えた。

「私は、何かのおまじないかと思ったのです。大切に箱に入れて埋められていたといいますし。その後で、お竹さんと話していて、織田信長公が髑髏杯を所持していたことを思い出しました。それで、もしや誰かが、信長公のその杯を真似て作ったのではないか、などとも思いました。信長公に憧れる者ならば、お侍様か、あるいは裕福な商人でしょうか。また、おまじないの線でいけば、変わった趣向《しゅこう》の宗教、邪教などが関わっているかもしれませんね」

隼人は腕を組み、大きく頷いた。

「信長の髑髏杯については、奉行所の中でも思いつく者がいた。その邪教というのもあり得るが、髑髏を拝むような宗派などあっただろうか」

里緒は顎を指でなぞりながら、眼差しを彷徨《さまよ》わせる。

「そのような宗派のことを、どこかで聞いたことがあるような、ないような……」

「もしかしたら、昔あったけれど、今はなくなってしまっている宗派なのかもしれませんね。とすると、掘り出された偽髑髏は、ひょっとして年代物なのでしょうか」

お栄が口を挟む。里緒と隼人はお栄を見やった。

「お栄さん、冴えているわね」

「そんな。女将さんのお話から、考えたんです」

お栄は顔の前で手を激しく振る。

「まあ、あの偽髑髏は、それほど傷んでなかったから年代物かどうかは分からんが、昔あったけれど今はなくなっちまった宗派ってのはあり得るな。邪教ならば禁止されて、表向きにはなくなったことになっているが、こっそりと活動を続けているのかもしれねえ。そいつらが、もしや怪しまれているんじゃねえかと疑心《ぎしん》暗鬼《あんき》になり、踏み込まれる前に、自分たちが拝んでいるものが見つからねえよう隠しちまった、とかな」

「見つかってしまいましたけれど」

里緒が苦笑する。隼人はお茶を飲み干し、二人に礼を述べた。

「推測を聞かせてくれて礼を言う。是非、参考にさせてもらうぜ。その邪教の線でも調べてみる。旨いものを食わせてもらったんで、元気が出たぜ。里緒さん、いつもありがとうよ」

隼人は微笑み、腰を上げた。里緒とお栄は玄関まで隼人を見送った。お竹と吾平も現れる。

「あら旦那、もっとゆっくりしていらっしゃればいいのに」

「そうしたい気持ちは山々だけどよ、明日も早《はえ》えんだ。落ち着いたら、ゆっくり寄らせてもらうぜ」

「次々に起こるみたいですもんね。追剝や喧嘩沙汰に心中までも。旦那、どうぞお気をつけて」

「おう、皆もな。番頭、戸締りはしっかりしといてくれ。頼んだぞ」

「はい。承知しております。何があってもこの旅籠は守り抜きますよ」

吾平は真剣な面持ちで、隼人に答えた。外まで送ろうとする里緒に、「夜は危ねえからここでいい」と告げ、隼人は帰っていった。

# 第三章　幽霊姉妹

一

弥生も終わりの頃、武家の奥方らしき者と、下女らしき者が、雪月花を訪れた。二人とも妙にはしゃいでおり、江戸の者ではないと里緒は察した。部屋に通して、お茶と羊羹《ようかん》を出す。奥方は羊羹を食べながら、早口で喋った。

「私たち、武州は八王子《はちおうじ》から参りましたの。浅草寺にお参りしまして、その後、花川戸のお蕎麦屋さんに立ち寄った際、そこのご主人に訊いてみたのです。この近くで、どこかよい旅籠はありませんか、と。そうしましたら、こちらを教えてくださったんです」

「まあ、さようでございますか。ご期待に添えますよう、務めさせていただきますので、何かございましたらご遠慮なくお申しつけください」

里緒は丁寧に礼をした。奥方は齢三十ぐらいだろうか、豊かな躰つきで、明るく親しみやすい雰囲気だ。下女は齢五十ぐらいで、こちらもふくよかで愛想がよい。

奥方は井上佐穂《いのうえさほ》、下女はお粂《くめ》と名乗った。

「夫は千人同心《せんにん》で、今は日光勤番《にっこうきんばん》で野州《やしゅう》のほうに赴《おもむ》いておりますの。夫が留守の間に、娘は姑《しゅうとめ》に預けて、こうして江戸まで羽を伸ばしにきたのです」

佐穂は、ほほほ、と笑う。八王子千人同心は、千人頭一名と同心五十名で半年交代で日光へと赴き、東照宮《とうしょうぐう》の火の番屋敷に詰めて、見廻りや防火に務めている。関ヶ原《せきがはら》の戦いの頃は槍《やり》奉行の配下であったが、今では日光奉行の配下となっていた。

里緒は二人に微笑んだ。

「是非、江戸の町をご堪能《たんのう》くださいませ。八王子にはまだ行ったことはございませんが、緑豊かでとてもよいところだと伺いました」

「緑豊かですが、なかなか賑やかでもあります。まあ、江戸に比べましたら、長閑ではありますが。江戸はやはり開けておりますね。町を歩いているだけで、なにやら心が浮かれて参ります」

「本当に。大火があったと聞きましたが、それにしては活気がございますねえ」

お粂も姿勢を正して、羊羹を味わう。

「そろそろ火事から一月経ちますので、町も元に戻りつつあるようです。焼けてしまった家屋などは急いで建て直されております。江戸の者たちは火事には慣れているのです。とは申しましても、今回のような大火は、さすがに応えましたけれど」

「たいへんでしたね。江戸のように家屋が犇《ひし》めいているところでは、火がつくとたちまち燃え広がってしまいますものね」

「山火事も怖いですよ。なかなか消すことができませんからね。いずれにせよ、火事は恐ろしいものです」

佐穂とお粂は、神妙な顔でお茶を啜る。

「うちでは火の元に細心の注意を払っておりますので、ご安心なさってお寛《くつろ》ぎくださいませ。万が一に何かございましても、私どもは全力でお客様をお守りする所存でございます」

里緒は穏やかな声で告げ、二人に深く礼をした。

宿帳を置いて里緒が一階に戻ると、お竹が話しかけてきた。

「あの方たちは、お武家の奥方とお付きの方のようですね。どちらのお家なのでしょう」

「八王子千人同心様のお家柄みたいよ」

「八王子からお越しになったのですか。八王子といえば多江《たえ》さんを思い出しますねえ」

「本当に。多江さん、お幸せそうでよかったわ」

里緒とお竹は微笑み合う。多江とは、里緒が隼人と知り合うこととなった事件で、関わった女人だ。色々苦労をした多江から、つい先日、里緒に手紙が届いた。その手紙には、近況が綴られており、その内容は里緒を安堵させるものだった。八王子の美しい自然などについても、多江はしたためていた。

里緒は手紙を思い出しながら、ふと、手を打った。

「そうだわ。今日の夕餉を何にするか、もう決まっていたかしら」

「どうでしょう。幸作さんに聞いてみないと分かりませんね」

「間に合うなら、用意してほしいものがあるのよ」

言うなり、里緒は急いで板場へと向かう。お竹はぽかんとした顔で、その後ろ姿を眺めていた。

夕餉の刻になると、佐穂とお粂には、里緒とお初が膳を運んだ。二人は料理を眺め、声を上げた。

「まあ、これは白魚《しらうお》ではありませんか」

「芝海老《しばえび》までございますのね。江戸前のお魚、食べてみたかったのです」

佐穂とお粂の喜びように、里緒も顔をほころばせた。多江の手紙を思い出した時、八王子から来たこの二人には江戸前の魚を出したら喜ばれるだろうと、考えが浮かんだのだ。多江は手紙に、このようなことを書いていた。八王子では川魚ばかり食べているので時々無性に江戸前の魚が恋しくなることがあり、それが江戸への唯一の心残りだとあったのだ。江戸前の魚は、多江にとって忘れられぬ味なのだろう。

そこで是非、佐穂とお粂にも江戸前の魚を味わってもらいたく、旬の白魚と芝海老を使って、幸作に作ってもらった。白魚と絹さやの卵綴じ碗と、芝海老と三つ葉の掻《か》き揚《あ》げだ。味噌汁にも白魚を入れた。

その夕餉は、お喋りな佐穂とお粂を黙らせてしまった。二人は言葉もなく夢中で食べる。

「ごゆっくりお召し上がりください」

里緒とお初が立ち上がろうとすると、佐穂が空になった碗を差し出した。

「お代わりいただけますか」

まさか、自分でよそってください、とは言えず、里緒はお初に目配せする。お初が碗を受け取り、お櫃《ひつ》からよそって渡した。すると続けてお粂も、お初に碗を差し出した。

里緒はお初を残して、静かに部屋を出た。

少し経って、夕餉の膳を下げた頃、お初が里緒に話しかけてきた。

「井上様のことで、ご相談があるのですが」

「どのようなことかしら」

「私、あのお二人に、汐干狩《しおひがり》の案内を頼まれてしまったのです。どうやら、汐干狩が目的で、江戸にいらっしゃったみたいで」

「八王子には海がないものね」

「はい。夕餉で江戸前のお魚を召し上がって、頬が落ちそうなほどに美味しかったそうです。それでいっそう汐干狩に行きたくて堪らなくなってしまったようです」

「そういうことね」

里緒は息をつき、お初を見やる。お初は数月前に危険な目に遭っているので、里緒も慎重になってしまう。少し考え、里緒は答えた。

「お初さんが嫌でなければ、ご案内して差し上げたら？　私の勘では、お二人は身元などを偽っているようには見えないから、危ない目に遭うことはないと思うわ。それに汐干狩には多くの人が集まるから、そのような場所で、おかしな真似はできないはずよ」

お初も少し考え、答えた。

「では、ご案内して差し上げます。江戸に詳しくない方だけで汐干狩に行ったら、途中で迷ってしまわれるかもしれませんので。気をつけますので、大丈夫です」

「そうね、お願いするわ。私も大丈夫だと信じています。でも、くれぐれも気をつけてね」

里緒はお初の肩に手を載せ、微笑む。お初も笑顔で頷いた。

次の日はよく晴れていて、絶好の汐干狩日和だった。お初たちは朝早くから雪月花を出て、深川の洲崎《すさき》へと向かった。大潮《おおしお》の時季の引き潮のときには、江戸湾に面したところが汐干狩を楽しむ者たちで賑わう。品川《しながわ》、芝浦《しばうら》なども人気だが、今年は火事の被害が著しかったので、その付近は避けて洲崎を選んだ。

猪牙舟に乗って大川《おおかわ》を下っていく間も、佐穂とお条ははしゃいでいた。

「あら、お魚が飛び跳ねているわ。水鳥《みずどり》も綺麗だこと」

「あちらが八丁堀のほうですか？　江戸の同心様のお役宅は、やっぱり立派なんでしょうねえ」

「お条、八王子の同心だって負けてはおりませんよ」

佐穂はお条をちらりと睨んで、鼻息を荒らげる。二人の遣り取りを聞きながら、お初は笑いを堪えていた。眩しい若葉の中、賑やかな声に包まれて舟は進んでいった。

洲崎に着くと、眼前に広がる江戸湾の眺めに、三人は声を上げた。

「やはり海はいいわねえ！」

裾に砂や泥がつくのも構わずに、走り寄る。澄んだ空の下、海は穏やかに煌《きら》めいている。なんとも爽快で、お初たちは深呼吸をし、青空に向かって大きく伸びをした。爽やかな海の匂いが、魂を生き返らせてくれるかのようだ。

この洲崎は、初日の出や、月見の名所でもある。海岸に面した洲崎弁財天は、徳川綱吉《とくがわつなよし》公が母の桂昌院《けいしょういん》の守本尊《まもりほんぞん》である弁財天を祀《まつ》るために建てたものだ。遠くには、筑波《つくば》山も望めた。

広い砂浜では、汐干狩に精を出している者がたくさんいる。お初たちも襷がけをし、裾を捲《まく》り上げ、笊《ざる》を持って、さらに海へと近づいていった。徐々に、足が砂の中に埋もれていく。佐穂が顔を少し顰めた。

「冷たいわね。なんだかヌルヌルするわ」

お初は微笑んだ。

「すぐに慣れてしまわれますよ。慣れると、この感触が心地よくなってくるんです」

足が砂まみれになってもまったく動じないお初に、佐穂とお糸は目を瞠《みは》る。お初は振り返って、二人に会釈をした。

「私、漁師の娘なんです。小さい頃から汐干狩をしていたので、もう慣れっこなんですよ」

「まあ。じゃあ、汐干狩のいろはみたいなものも、よく知っているのね」

「これは心強いですよ。ご新造様《しんぞう》も私も、初めてなのでね」

佐穂とお条は足をずぶずぶと埋め込ませながら、お初に寄ってくる。

「難しいことではありませんよ。ひたすら見つけて、獲るのみです。ほら、このように」

お初は腰を屈《かが》め、手に砂がつくのも厭《いと》わず、貝を拾い始めた。浅蜊《あさり》や蛤《はまぐり》を、次々と笊へ入れていく。

佐穂とお条は目を見開いてその姿を眺めていたが、頷き合い、お初を真似して貝を拾い始めた。

お初はなにやら真剣な面持ちで、夢中で貝を獲っている。

佐穂たちは、初めは「爪に砂が入った」だの「足が気持ち悪い」などと喚いていたが、暫くすると、文句も言わずにせっせと拾い集めるようになった。それどころか、またはしゃぎ始めた。

「お条、ご覧！　この蛤、こんなに大きいわよ」

「食べ応えがありそうですねえ。ところで、あっちで平目《ひらめ》が獲れたって騒いでますけれど、どこに隠れているんでしょう」

もはや二人とも、砂まみれになることなど気にも留めていない。

お初は黙々と獲り続け、大きな笊を浅蜊と蛤で一杯にした。九つ（正午）の鐘が聞こえてきて、三人は一息ついた。手と足を拭い、砂浜に茣蓙《ござ》を敷いて、その上に腰を下ろす。

昼餉の刻、あちこちで火が焚《た》かれ、獲れたての貝や魚が焼かれ始める。獲ったものがその場で味わえることも、汐干狩の醍醐《だいご》味《み》だ。旨そうな匂いが風に乗って漂ってくる。

お初たちも風呂敷から七輪《しちりん》と鍋を取り出し、料理を始めた。まずはお湯を沸かして、そこに浅蜊と蛤を入れる。砂を吐かせるのだ。水では時間がかかる砂抜きも、お湯を使えば容易にできる。

砂抜きはすぐに済み、お初が浅蜊で吸い物を作り、お粂が蛤を焼いた。佐穂は喉を鳴らしながら、待っている。

獲れたての浅蜊と蛤は言葉に表せぬほどの味わいで、青空の下、三人は笑顔を輝かせた。

「来てよかったわ、本当に」

佐穂が声を上げると、近くにいた汐干狩の客たちも笑顔で頷く。

皆、火事の影響で品川のほうへ行くのを避けているせいか、洲崎の辺りは例年以上に賑わっているようだ。人が犇めき合っている。

　暫くすると、このような噂話が、お初たちの耳に入ってきた。

「ねえ、知ってる？　近頃この辺りに、女の子の二人連れの幽霊が出るんですって」

「先日の火事で亡くなった姉妹たちの霊だって話だな」

「あの大火から、まだ四十九日経ってないものね。多くの霊が江戸を彷徨《さまよ》っているはずよ」

　お初たちは顔を見合わせる。怖がりながらも、つい聞き耳を立ててしまった。大火の後、多くの霊が江戸を彷徨っているというのは、尤《もっと》もな話だとも思うのだ。それゆえ姉妹の幽霊も、信じられない話ではなかった。

　近くにいた若い男が、お初たちに声をかけてきた。

「幽霊姉妹の話、聞いたことある？」

「いえ、初めて聞きました」

「ここら辺ではちょいと有名だぜ。お前さんたち、どの辺りから来たの」

「浅草の山之宿です」

「そうか、まだそっちのほうには広まってないんだな。あ、平日、少し食べるかい？」

「え……いいんですか」

若い男と、その連れの若い女は笑った。

「こういうところでは遠慮はいらねえよ」

若い男は平目を分けてくれた。一口食べて、お初たちは破顔《はがん》した。ただ塩を振って焼いただけの平目の美味しいことといったら。お醬油を少し垂らせば、極上の味わいになる。若い男女は、この平目で一杯やっていた。

「誰も、旨いものには弱えよな。幽霊姉妹は、油揚げが好物のようだぜ」

「どういうことですか」

お初は興味津々で訊き返す。いつの間にかお初たちも、その幽霊話の輪の中に入っていた。すると話を耳に挟んで興味を持った者たちがまた加わってきて、さらに賑やかになった。

幽霊話は怖かったけれど、汐干狩の場で出会った人たちと一緒に食べた魚や貝は、頰が落ちそうなほどに美味だった。

食後にまた汐干狩に精を出し、お初たちは満ち足りた気分で帰っていった。

雪月花に戻ると、里緒が帳場から顔を見せた。お初たちの砂だらけの姿に、里緒は目を瞠った。

「お帰りなさいませ。……少しお待ちください。今、仲居が参りますので」

すぐさまお竹とお栄が湯を張った盥を運んできて、佐穂とお粂の足を丁寧に濯いだ。お初は自ら足を清め、綺麗に拭ってから、上がった。里緒はお初に小声で話しかけた。

「楽しかったみたいね。お疲れさまでした。お湯を沸かしておいたので、先に浴びてね」

「ありがとうございます。……あの、これ、浅蜊と蛤です。よろしければ料理に使ってください」

お初は大きく膨れた風呂敷包みを、里緒に渡した。里緒はそれを持ち、目を瞠った。

「まあ、ずいぶん獲れたのね」

すると足を濯がれながら、佐穂が笑った。

「お初さん、なにやら熱心に獲ってましたよ。とても上手で、吃驚《びっくり》しました」

「私たちの十倍、いや二十倍以上は拾ってましたもの。凄い技ですよ」

お粂が感嘆すると、お竹とお栄は微笑んだ。

「あら、お初ったらそんな特技があったのね」

「さすが漁師の娘さん。今度、私も教えてもらいます」

「私も汐干狩には長らく行っていないから、獲り方を忘れてしまっていそう。お初さん、私にもコツを教えてね」

里緒にまで言われ、お初は肩を竦める。

「そんな……。浅蜊や蛤が呼吸した小さい穴が砂に開いているので、そこを掘ると獲れますよ。あとは、砂まみれになることを恐れぬことでしょうか」

女たちが笑い声を立てていると、吾平も顔を出した。

「賑やかですな。井上様、お帰りなさいませ。お楽しみになられたようで」

「ええ、とっても。心が洗われましたよ。お初さんのおかげで、有意義な時間を過ごせました」

褒められ、お初は照れる。里緒が風呂敷包みを吾平に見せた。

「お初さん、こんなに獲ってきてくれたのよ。凄いでしょう」

「本当だ。さすがは海育ちだな」

吾平も目を丸くする。

「暫くは浅蜊と蛤には困らないわね。幸作さんも喜ぶわ」

里緒は風呂敷包みを抱え、嬉しそうだ。

「しかし、使いきれないぐらいの量だな。よくこんなに獲れたもんだ」

腕を組み、吾平は頻《しき》りに感心した。

佐穂とお粂が二階に上がると、お初は里緒に告げた。

「浅蜊と蛤ですが、ここでのお料理に使いきれないようでしたら、炊き出しで使っていただけませんか」

里緒はお初を見つめた。小動物のように愛らしいお初は、けなげな眼差しをしている。

「お初さん、もしかしてそのために夢中で貝を獲ってきたの？」

お初は微かに俯《うつむ》いた。

「御救小屋に集まっている人たちは、滋養が足りていないと思うんです。いつも、殆ど具材がないものばかり食べていると聞きました。火事が起きて、もうすぐ一月です。皆さん、そろそろ、お魚や貝みたいなものを食べたいのではないかと思って」

里緒は微かに目を潤ませ、お初の肩にそっと手を載せた。

「お初さんの気持ち、とても嬉しく思います。是非、炊き出しで使わせてもらうわね。皆の喜ぶ顔が、目に浮かぶわ。お初さんが言うとおり、皆、具材の入ったものを食べたがっているはずだもの」

お初は無邪気に微笑んだ。

「よかったです。……私、女将さんにご迷惑をおかけしてしまったことをずっと悔やんでいて、いつか何かのお役に立ちたいと思っていたんです。だから、ここでのお料理だけでなく、炊き出しにも使っていただければ、本当に嬉しいです。少しは、女将さんのお力になれたような気がしますから」

里緒はお初をそっと抱き寄せる。お初も里緒の胸にもたれたが、すっと身を離した。

「私、砂だらけなので、女将さんが汚れてしまいます」

里緒は微笑んだ。

「そんなことまったく気にならないわ。でも、そのままでは気分が悪いでしょうから、早くお風呂に入っていらっしゃい」

「はい、ありがとうございます」

お初はぺこりと頭を下げ、風呂場へと向かう。里緒の胸は温もっていた。

その日の夕餉でも早速、浅蜊と蛤は使われた。貝類のほか、芹と三つ葉、豆腐も入れた鍋は、お客たちに好評だった。蚕豆《そらまめ》ご飯にも、その鍋は合っていたようだ。洲崎で昼にたっぷり食べたにも拘わらず、佐穂とお粂は夜にも浅蜊と蛤の鍋を平らげた。

五つを過ぎて仕事が一段落する頃、広間に集まって里緒たちも鍋を突《つつ》いた。幸作は帰る刻限だが、里緒に誘われたので、居残って一緒に味わった。

里緒たちは、昼餉と夕餉は、各々手が空いている時にとるようにしているが、たまにこうして皆で食べる。とは言っても、花川戸や吉原で遊んで帰れなくなった者たちが飛び込みで訪れることもあるので、吾平は帳場にいてまだ番をしていた。雪月花が、玄関の戸を閉めて錠を下ろすのは、五つ半頃だ。お竹は碗によそって吾平に届け、すぐに戻ってきた。

「では、いただきましょう」

里緒の声に合わせ、一同、胸の前で手を合わせる。蛤と浅蜊の旨みが溶け出た、磯の香りの汁と、爽やかな彩りの蚕豆ご飯に、皆で舌鼓を打った。

「一味違うわね。とっても美味しいわ。お初さんが熱心に獲ってきてくれたおかげよ」

「お客様も皆さん、少しも残さずにお召し上がりくださいましたものね」

「浅蜊も蛤も新鮮でよい材料だったから、腕の振るい甲斐があったよ」

皆に口々に言われ、お初は照れくさそうに俯く。お栄が微笑んだ。

「汐干狩の話を聞かせてほしいな。来てた人、多かったみたいだね」

お初は頷き、洲崎での話をした。風景や汐干狩の様子や、初めて会った人たちと仲よく魚や貝を焼いて食べたことを話し終えると、お初は幽霊姉妹の噂についても語った。すると、里緒をはじめ一同、怪訝な顔で聞き入った。

「その幼い姉妹の幽霊は、夜になると本所深川の辺りを彷徨っているようです。稲荷神社が好きらしく、出入りしているところを見た者たちが結構いるらしくて。夜に、汐干狩の場所に現れたりもするそうです」

里緒は眉を顰《ひそ》め、顎に指を当てた。

「でも、どうして幽霊って思うのかしら。足はあるのでしょう」

「なんとなく妙な雰囲気のようです。見た目は五、六歳ぐらいなのに、五つ半を過ぎても町をうろうろしたりして。親がいたら、そんなことさせませんよね」

お竹が口を挟んだ。

「もしかしたら、親御さんがいないんじゃないの？」

お初は首を傾げる。

「そうとも考えられますが、どうも二人とも身なりは洒落ているらしいんです。紅色や桃色の華やかな着物を纏って、綺麗な簪《かんざし》なども挿しているから、よけいにどこか奇妙で……この世の者とは思えないそうなんです」

「早熟《ませ》た雰囲気の幽霊ってことね」

お栄が言うと、お初は頷いた。

「稲荷の近くで見張っていて、幽霊姉妹の後を尾《つ》けていった人がいるそうです。すると姉妹は途中で振り返り、『尾けたりすると祟《たた》ってやるわよ』と声を揃えて言い放って、甲高い声で笑ったとか。姉妹は遠目には幼く見えるのですが、振り返った顔は整い過ぎていて幼さを微塵《みじん》も感じさせず、相当恐ろしかったようです。姉妹の笑い声は怪鳥《けちょう》の啼き声にも似ていて、尾けていった男の人は尻餅をつき、這《は》うようにして逃げ帰ったそうです」

「ぞっとしねえな」

幸作は肩を竦める。お初は続けた。

「こんな話も聞きました。夜遅くに幼い娘二人が洲崎で浅蜊や蛤を熱心に拾い集めているので、男の人が注意しようと近づいて声をかけたら、幽霊姉妹だったらしくて。『キキキ』というギヤマンを引っ掻くような奇声を発したので、その人も怖気づいて逃げ去ったということです」

「小綺麗な身なりをしているのならば、それなりの家の娘さんたちでしょうから、夜遅くまで放っておかれる訳ありませんものね。やはり、この世のものではないのかも」

お竹は眉根《まゆね》を寄せて、腕をさする。

「幽霊姉妹が稲荷神社になぜ訪れるのかというと、どうもお供えしてある油揚げが目当てのようです。姉妹が現れるようになって、しばしば油揚げがなくなっているとのことです」

「油揚げが好物ってことは……幽霊ではなくて、もしや子狐《こぎつね》が化けているってことはありませんか？」

お栄は身震いし、幸作は腕を組む。

「浅蜊や蛤も自分たちで食べているんですかね。キキキ、という声も、なにやら啼き声のようだし、動物が化けているというのはあり得るな」

「なにやら奇妙なお話って、あちこちに結構あるわね」

里緒は息をついた。

幽霊姉妹の噂を怖がりつつも、一同はよく食べ、大きな鍋とお櫃《ひつ》を空にした。

二

次の日、里緒は浅蜊と蛤を持って、炊き出しへと向かった。幸作、お蔦、お篠も一緒だ。

卯月《うづき》に入り、若葉が一段と眩しくなってきた町を、四人は颯爽《さっそう》と歩いていく。荷物は幸作が持っているが、その中には、貝などのほか、小松菜《こまつな》も入っていた。

小松菜は、里緒たちが裏庭で育てたものだ。如月《きさらぎ》の終わり頃に種を蒔《ま》いたのだが、小松菜は暖かな時季でなくてもすくすく育ち、一月ほどで採れることもある。里緒たちは浅草紙《あさくさがみ》や藁《わら》で囲うなどして温度を調整していたから、順調に育ってくれた。ちょうど食べ頃になってきたので収穫し、今日はその小松菜も使うつもりだった。

道すがら、お篠が言った。

「さすが女将さん、自分たちで育てたものを供給してくれるなんて、粋《いき》だねえ」

「粋だなんて、そんな。なるべくお金をかけずにと思ってしていることです。自分たちが、できる範囲で」

お蔦も同意する。

「何かに力添えする時には、それがいいのよね。できる範囲で、というのが。無理をすると続かなくなってしまうもの」

「そのとおりだと思うよ。でもさ、女将さんはやっぱり、よくやってるよ。幸作さんもね。浅蜊と蛤はお初ちゃんが獲ってきたというし、凄いよ。雪月花の人たちは皆、そういうところがあるんだろうね。女将さんに似るのかな」

里緒と幸作は目を見交わす。

「そうかもしれませんね。お人好しのところが似てくるのかもしれません」

「いいえ、女将さんはただのお人好しではなくて、なかなか厳しいところもありますす。俺はただのお人好しですが」

幸作が口を挟むと、里緒は目を剝《む》いた。

「まあ」

「ほら、怒らせちゃった。幸作さん、女将さんに後で厳しく説教されるわよ」

お蔦がおどけると、里緒も一転、笑みを浮かべた。

大火で亡くなった人々の回向院での合同供養は、四日から六日の三日間に亘《わた》って行われることとなり、町はだいぶ落ち着きを取り戻していた。だが困窮《こんきゅう》する者は後を絶たず、御救小屋はまだ続けるようであった。

御救小屋に着くと、里緒たちは挨拶した。

「今日も張り切って作らせていただきます」

「よろしくお願いします。楽しみにしていました」

小屋に集う人たちからの返事に、いっそうやる気になる。里緒は襷がけに姉さん被りの姿で、料理に取りかかった。今日は天気がよく風もないので、外で作る。青空の下、湯気がもうもうと立ち、芳ばしい匂いが漂い始める。皆、それを吸い込み、目を輝かせていた。

できあがった料理を見ると、皆、歓声を上げた。里緒たちが自前の食材だけで作った料理は、浅蜊と小松菜の深川飯《ふかがわめし》、蛤と小松菜の吸い物だった。

押し寄せる人々を、幸作が必死で抑えた。

「たっぷりありますんで、焦らないでください。ちゃんと並んでください」

声を張り上げ、列を作らせる。里緒とお蔦とお篠は、せっせとよそって皆に渡した。

「まさか深川飯にありつけるとはな」

「おっ母さん、貝や野菜を食べるの、どれくらいぶりかな」

「ご馳走《ちそう》だよ、ありがたいねえ」

「汁が飯に染みて……旨《うめ》えなあ」

誰もが喜び、笑顔で頬張る。涙を浮かべている者までいた。

彼らを眺めながら、里緒たちもまた、胸を熱くする。誰もが普通のご飯を食べられる日が来ることを、強く願うのだった。


江戸の町は、家屋などは順調に建て直されていったが、物騒なことが相次ぎ、方々で盗難や暴力沙汰が起きていた。半太と亀吉も駆け回っていたが、それとは別に、金箔殺しの件で、初めに殺されたお順が親しくしていた男たちも探っていた。

その中の一人に、怪しげな者を見つけた。名は代之助《よのすけ》、凶状《きようじよう》持ちの破落戸《ごろつき》で、腕に入墨《いれずみ》があるという。かっとすると見境がつかなくなる性分で、女にも暴力を振るうが、見てくれがよいのでモテるようだ。住処《すみか》は今戸町《いまどちよう》で、お順が住んでいた新鳥越町とも、死体が見つかった木母寺の近くとも、それほど離れていない。

また、次に殺されたお袖の死体が見つかった両国橋の付近とも、さほど遠くはなかった。半太と亀吉は、代之助に目を光らせていた。

回向院での法要が終わった頃から、幽霊姉妹の噂は浅草のほうにまで広まり、瓦版にも書かれ始めた。あくまで噂なので、ぼかして書いてあったが、幽霊姉妹という言葉の響きが、人々の興味を惹いたようだ。

お初もお使いの帰りに一枚買い、雪月花に戻って、里緒たちと眺めた。瓦版はこのように纏められていた。

《もし火事で亡くなった姉妹ならば、回向院での盛大なる法要が済んだ今、安らかに成仏してほしいと切に願う》

里緒は溜息をついた。

「どうやら成仏できていないみたいね。噂がこちらにまで広まってきているのだから」

「とにかくすばしっこいと書いてあるな。牙が生えていて、捕まえようとしたらその牙で嚙みつかれたとも。ほかに、姉妹に石をぶつけられて、額から血を流した者もいるようだ。嘘か真《まこと》か分からんが、気味が悪い話だ」

吾平が顔を顰める。お竹は瓦版に目を落としながら、首を傾げた。

「本所深川を彷徨《さまよ》っているって話でしたが、柳橋《やなぎばし》の辺りでも目撃されているみたいですよ。彷徨う範囲が広がってきたんですかね」

「じゃ、じゃあ、いずれ山之宿にも現れるのでしょうか」

お栄が怖気づく。

「小さい娘たちってのが、いっそうゾクッとするんだよな」

「ああ、確かに」

吾平にお竹が相槌を打つ。里緒が口を挟んだ。

「私はなにやら悲しいわ。もし本当に幽霊だとしたら、その娘さんたち、どれほどこの世に心残りがあるのでしょう。幼い子供が成仏できずに彷徨うなんて、よほどのことだと思うもの」

お初が頷いた。

「私もそう思います。娘さんたち、きっと寂しいのでしょう。もしかしたら興味本位で近づいたりするから、やり返されるのかもしれません」

里緒はお初を見た。

「そうね。娘さんたちの寂しい心を、逆撫《さかな》でしてしまうのでしょう」

「寂しい幽霊か。考えてみりゃ、幽霊って寂しいんだろうな。じゃあ、怖がることもないか」

吾平は大きな溜息をつく。里緒は顎に指を当て、眉根を寄せた。

「ただ、幽霊ではなかったとしたら、それはそれで心配だわ。小さな女の子が、夜に、あちこちを彷徨っているなんて」

吾平は腕を組んだ。

「盛田屋の親分に頼んで、若い衆に探ってもらいたいところだが、この幽霊姉妹の件は、うちに何も関係がないからなあ。そこまでお願いするのは厚かましいか、あくまで噂話だしな」

「そのとおりよ。盛田屋さんだってお忙しいのでしょうから、何でもかんでもお願いできる訳ないもの」

「私たちにできるのは、その娘さんたちがおとなしくなるよう、願うことだけですね」

お竹の言葉に皆、頷くのだった。

次の日、お初はお使いに出た帰り、秋草《あきくさ》稲荷に立ち寄った。山之宿町にある、神主もいない小さな稲荷だ。秋になると萩《はぎ》や撫子《なでしこ》などの花が彩りを見せるので、その名がついた。

七日に一度、お初は八つを少し過ぎた刻限にこの場所で、半太と待ち合わせていた。互いに仕事があるので長く話すことはできないが、二人とも顔を見るだけでも心が満ち足りるのだ。

お初が危険な目に遭った時、半太はお初のために活躍を見せた。半太は以前からお初に好意を持っていたようだが、半太のその姿にお初も心を打たれた。それ以来、二人は初々しい間柄なのだ。

忙しい中でも半太は稲荷に先に来て、お初を待っていた。お初は愛らしい笑みを浮かべ、子犬のように駆け寄る。半太も満面の笑顔だった。

「元気そうでよかった」

「半太さんも」

二人は照れくさそうに、目を合わせた。

いつものようにたわいもない話をしながら、お初は不意に切り出した。幽霊姉妹のことを、半太に話してみたのだ。

半太は黙って聞き、お初に約束した。

「おいらも気になるから、手が空いている時に、洲崎の辺りを探ってみるよ」

「え……。それは嬉しいけれど、半太さんはほかのことで手が一杯でしょう？　申し訳ないわ」

恐縮するお初に、半太は笑った。

「おいらたちの間で、遠慮することはないって。本当に幽霊かどうか、確かめてやるよ」

「なんだかよけいなことを喋ってしまって」

「構わないって。でも、幽霊じゃなかった、ってほうがなんだか可哀そうだな。小さい娘たちが、それほど放っておかれてるってことだからな」

お初は澄んだ目で、半太を見つめた。

「私もそう思うの。……だから半太さんについ話してしまったんです。半太さんなら、その子たちの寂しい気持ちを分かってくれるような気がして」

半太は鼻の頭を少し搔いた。

「もし見かけたら、逆撫でしないように、話しかけてみるよ。なに、幽霊だって人間だって、同じだよ。話し合えば、きっと打ち解けられるさ」

半太の笑顔につられて、お初も笑みを浮かべて頷く。少しの間だけでも、二人にとっては大切なひとときだ。青々しい萩の葉が、風にそよいでいた。

お初が急いで雪月花に帰ると、里緒は表を箒で掃いていた。

「半太さんとお会いしました」

「そう、よかったわね。お元気だった？」

お初は半太と会っていることを、里緒に隠しだてはしなかった。里緒は年頃のお初の胸中を慮《おもんぱか》り、初々しい逢瀬《おうせ》を禁じることなどはしない。半太のことを信用しているからだ。

「はい。とてもお元気でした。あの……それで、幽霊姉妹のことを半太さんに話したところ、手透きの時に探ってみてくれると言ってくれたんです。でも……半太さんは多忙ですし、お願いするのは、やはり厚かましいでしょうか」

お初はバツが悪そうな顔をしている。よけいなことを半太に話してしまったと少々悔やんでいるようだと、里緒は察した。

「半太さんのほうから探ってみると言ったのでしょう？　それならば、お言葉に甘えてもよいのではないかしら。大丈夫よ、お任せして」

「そうでしょうか」

「半太さんだって、お手持ちのお仕事を疎《おろそ》かにしてまでは、幽霊姉妹を突き止める気はないわよ。お仕事に差し障りがない程度に、探ってくれるつもりでしょう」

「それならばいいのですが」

お初はまだどこか不安げだ。里緒は告げた。

「ねえお初さん。半太さんを一度ここへ連れてきてもらえないかしら。お手間は取らせないわ。もし本当に幽霊姉妹を探ってくれるのなら、私にちょっと考えがあるの」

お初は目を輝かせた。

代之助には亀吉が張りつき、半太は夜になると洲崎の辺りに赴いて、幽霊姉妹を探した。

提灯を手に洲崎を歩いていると、砂浜で灯りがぼんやりと揺れているのが目に入った。半太はそっと近づき、さりげなく照らしてみる。そこにいるのは、幼い娘たちだと分かった。娘たちは夢中で貝を拾い集めている。

——噂の姉妹に違いない。

幽霊かもしれないのに、半太はどうしてか少しも怖くなかった。

半太は少し離れたところに風呂敷を広げて座り、里緒の思いつきに従って、行動を始めた。竹皮包みを開き、おにぎりを取り出して頬張る。酔っ払っている振りをして、半太は大きな声を上げた。

「いやあ、この握り飯は旨《うめ》えなあ！　夜の海を眺めながら食う握り飯は、最高だ」

姉妹が半太のほうを振り返る。暗いので顔はよく分からないが、半太をじっと見ているのは確かなようだ。半太はさらに独《ひと》り言《ご》ちた。

「中に入っている油揚げが、芳ばしくて旨えんだよなあ。浅蜊がたっぷり混ざったやつも、堪らねえ。……よし、浅蜊の味噌汁でも作るか」

半太は七輪を取り出して、手際よく火を熾《おこ》す。鍋をかけて湯を沸かし始める。おにぎりもこれらのものも、すべて里緒に持たされたのだ。

鍋に水と浅蜊を加えて沸かし、味噌を溶かし込むと、夜の砂浜に馨《かぐわ》しい匂いが漂った。

姉妹はしゃがみ込んだまま、半太のほうを見つめている。半太は鍋をかき混ぜながら、二人に声をかけた。

「お前さんたちも一緒にどうだい？　おにぎり、まだあるぜ。雪月花っていう人気旅籠のおにぎりだから、食べて損はねえ味だ」

半太はおにぎりを摑んで齧《かじ》りつき、満面に笑みを浮かべた。

姉妹は立ち上がり、ゆっくりと半太に近づいてきた。キキキ、という啼き声を発しながら。


五つ半を過ぎた頃、里緒が自分の部屋で一息ついていると、お竹が呼びにきた。

「あの、半太さんがお見えになりました」

里緒は急いで部屋を出て、玄関へと向かう。半太は幼い娘二人を連れていた。

里緒は目を瞬かせた。

「こちらが……例の？」

「はい。無事、保護しました」

里緒に安堵の笑みが浮かんだ。

——どう見ても、普通の可愛らしい娘さんたちだわ。

娘たちはバツが悪そうに、項垂れている。雪月花の玄関に、ギヤマンを引っ掻くような啼き声が、微かに響いた。

娘の一人は子猿を大切に抱えていた。

里緒は娘たちを自分の部屋へと通し、お竹に甘酒を持ってくるように頼んだ。

半太が里緒に耳打ちした。

「どうやらあの娘《こ》たち、おっ母さんに放ったらかしにされていたみたいです」

「そうだったの」

里緒は半太に目配せし、娘たちと向かい合って座った。その隣に半太も腰を下ろす。子猿は半太が預かり、膝に抱いていた。里緒は優しく話しかけた。

「こんなに遅くまで遊び歩いていては、いけないわ。悪い人に捕まったら、どうするつもりだったの？　夜にうろついたりするのは、もうやめなさい。……無事で、本当によかった」

里緒の真摯《しんし》な言葉が、幼心にも響いたのだろう、娘たちはぽろぽろと涙をこぼした。里緒は胸元から綺麗な懐紙《かいし》を取り出し、そっと渡す。娘たちは露草《つゆくさ》の花が描かれたそれで、涙を拭った。

娘たちは姉妹で、姉はお夏《なつ》、妹はお冬《ふゆ》といった。お夏は六つ、お冬は五つとのことだが、噂どおり二人とも整った顔立ちで、幼いながらも美女の片鱗《へんりん》を感じさせる。

――この子たちのお母様も、きっとお美しいのでしょうね。
里緒は思うものの、その母親が、このような可愛い娘たちを放っているという
のが解せなかった。
お竹が甘酒を運んできたので、里緒は姉妹に勧めた。
「召し上がれ。躰が温まるわ。この時季でも、夜はまだ少し肌寒いでしょう」
嫋やかな笑みを浮かべる里緒を、姉妹はじっと見つめる。二人は頷き、目を見
交わしながら、甘酒の入った湯呑みを手に持った。
「いただきます」
小さな声で言うと、二人は息を吹きかけながら啜った。甘酒の優しい味わいが、
姉妹の閉ざされた心を少しずつ解《ほぐ》していく。それを飲み終えると、二人は頭を下
げ、丁寧に礼を述べた。
「ご馳走様でした。美味しかったです」
その姿を眺めながら、里緒は察する。
――躾《しつけ》はされているようね。着ているものも、決して安価には見えないし、
もしかしてどこかの大店のお嬢様なのかしら。実の母親は亡くなっていて、継母《ままはは》
に放っておかれているのかもしれないわ。

それならば辻褄《つじつま》が合う。先日の火事で、家族と家屋を喪ってしまったとも考えられたが、それならば御救小屋へ行くであろうし、それにしては身綺麗だ。家はちゃんとあり、毎日着替えをしていると思われた。

里緒は二人にさりげなく訊ねてみた。

「ご両親は心配なさらないの？　こんな刻限だから、もう帰ったほうがいいわね。送っていくから、お家はどの辺りか教えてくれる」

姉妹は顔を見合わせ、目を瞬かせる。姉のお夏が答えた。

「富岡《とみがおか》八幡宮の近くです」

「やはり、洲崎のあの辺りなのね。お家はお店をなさっているの？」

姉妹は首を傾げる。少し考え、お夏が答えた。

「おとと様はお店を開いていましたが、もういません」

「お亡くなりになったの」

「はい」

「じゃあ、今一緒に住んでいるのは、お母様とお手伝いの方かしら」

「はい」

「そう。……寂しいわね。お父様がお亡くなりになって」

里緒は息をつく。姉妹は小さく頷いた。

「お店は、今はお母様がなさっているのかしら」

姉妹は再び顔を見合わせ、首を傾げた。

「よく分かりません」

「仕舞ってしまったの？」

「いえ、やっていると思います。おとと様とは一緒に住んでいなかったので、お店のことなどはよく知らないんです」

里緒はようやく合点がいった。

——なるほど。この子たちの母親は、大店の大旦那のお妾《めかけ》だったのね。そしてこの子たちを産んだのだけれど、大旦那は亡くなってしまった。おそらく、その時に纏まった金子をいただいたので暮らしには困らず、富岡八幡宮近くの家で、この子たちと気楽に暮らしているに違いないわ。

里緒は姿勢を正し、姉妹に向き合った。

「それならば、お店のことはよく分からないわね。ごめんなさい。……ところでお母様はおいくつぐらいかしら。お元気なのでしょう？」

「二十六です」

「あなたたちの世話をしている方は、おいくつぐらいなの？」

「六十近いです」

「お母様は、あなたたちが遅く帰っても、怒ったりしないの？」

姉妹はまたも顔を見合わせ、目を伏せた。

「……はい。別に怒りません」

「お客さんがよく来るから、私たちがいないほうがいいみたいです」

里緒は薄々分かってきた。

――この子たちの母親はきっと、母親の面より女の面のほうが勝ってしまっているのでしょう。まだまだ女盛りで、おとなしくしていられないのだわ。お客様というのはおそらく、母親の新しい恋人で、家に引っ張り込んでいるのね。この子たちのことはお手伝いに任せきりにしているのでしょう。お手伝いはお年寄りだから、すばしっこいこの子たちの面倒をちゃんと見ることができないのね。

それゆえ姉妹は好き放題できたのだと、里緒は推測した。母親に気に懸《か》けてもらえぬ姉妹の寂しさが、伝わってくるようだ。

姉妹は近頃、本所深川のみならず柳橋の辺りにも出没していたとの噂についても、里緒は察した。

――もしかしたら、この子たちの母親は、以前、柳橋で芸者もしくは給仕のようなお仕事をしていたのかもしれないわ。そのことを知って、母親が働いていた柳橋がどのようなところか、見てみたくなったのでは。

姉妹が無事でよかったと、里緒はつくづく思った。

半太の膝の上で、子猿が啼いた。里緒は子猿に目をやり、訊ねた。

「この子猿は、お家で飼っているの」

妹のお冬がおずおずと答えた。

「いえ。拾ったんです」

「どこで？　町中に猿がいたの」

「はい。先月、見つけました。茂みに隠れて、怯《おび》えたような目で、震えていたんです。足を怪我していて……可哀そうで」

「たぶん、火事の時に、見世物小屋から逃げてきたのだと思います」

姉のお夏が続ける。里緒は手を伸ばし、子猿の頭をそっと撫でた。

「そうだったの。それで連れ帰って、手当てしてあげたのね」

姉妹は頷く。半太が口を出した。

「この子たちが稲荷のお供え物を持ち帰ったり、浅蜊や蛤を拾い集めていたのは、この猿のためだったんですよ。猿の餌にしていたんです。さっきも、女将さんが作ってくれたおにぎり、むしゃむしゃ食べましたよ」

里緒は姉妹を見つめた。猿は雑食で、人間が食べるものはほぼすべて食べることができる。姉妹は微かに涙ぐんだ。

「お供え物を持ち帰るなど、悪いことをしてしまいました。……でも、おかか様は生き物が大嫌いなので、隠れて飼うしかなかったんです」

「金子は持たせてもらえないから、ああやって餌を集めてました。自分たちのご飯の残りをあげたかったけれど、ご飯を残すとお定《さだ》がさっさと片付けてしまうんです」

お定とは、お手伝いのことだろう。姉妹の話を聞きながら、彼女たちの母親に対して、里緒は怒りが込み上げてきた。

――こんなに可愛い娘さんたちを放ったらかしにして、ならず者に勾引《かどわ》かされでもしたらどうするつもりだったのかしら。

里緒は、彼女たちの母親を許せない気がした。姉妹は肩身が狭そうに、項垂れている。里緒は彼女たちを優しく見つめながら、言い聞かせた。

「そういうことだったのね。事情は分かりました。生き物を大切にする心がけは、とてもよいことだと思うわ。でも、夜遅くに出歩くことは危ないから、もう決してしないでほしいの。ね、お願い、約束して」

姉妹は里緒をじっと見つめ返す。その黒い瞳には、涙が薄っすらと滲《にじ》んでいた。心配してくれる者がいると、分かったからだろう。姉妹は素直に頷いた。

「はい。……約束します」

「もう、しません」

里緒は笑顔で、頷き返した。

その様子を見ながら、半太は子猿を抱いたまま立ち上がった。

「じゃあ、おいら、山川の旦那を呼んできます」

「お願いします」

里緒は半太に目配せする。半太は子猿を連れて、急いで部屋を出ていく。玄関のところで、吾平が呼び止めた。

「おい、猿は預かっておくぜ」

「あ、じゃあ頼みます。女将さんに渡すのは、なんだかちょっと気が引けてしまったんで」

半太は子猿を吾平に預け、上がり框を下りて草履を突っかける。その時、お初も顔を覗かせた。

「半太さん、気をつけて」

「合点承知」

半太は振り返ってお初に微笑むと、雪月花を飛び出していった。

半太と入れ替わりに、お竹たち仲居三人が部屋に入ってきて、姉妹を元気づけた。

「お猿さんは、番頭さんが預かっているから心配しないでね」

「いつもどんな遊びをしているの？　綾取《あやと》りとかはする？」

お栄とお初に話しかけられ、姉妹は照れながらも嬉しそうだ。

「綾取りは、たまにします」

「お人形遊びが好きです」

「そうなんだ。私たちの間では綾取りが流行《はや》ってるのよ。部屋が一緒だから、寝る前によくしているの」

お栄とお初が微笑み合うのを眺め、お竹が口を挟んだ。

「あら、あんたたち、綾取りに夢中になってるの？」

「ええ。嵌《はま》ると結構、面白いんです。そうだ、皆でやりましょうか。お夏ちゃん、お冬ちゃん、分からなかったら教えてあげるからね」

姉妹は笑顔で頷く。

「じゃあ、私、糸を持ってきます」

お初が腰を上げ、部屋をいったん離れる。その時、里緒もそっと部屋を出ていった。

皆が綾取りを楽しんでいる間、里緒は板場で料理を作った。部屋から賑やかな声が聞こえてくる。

――お夏ちゃん、そこを中指に引っかけるのよ。

――下から掬《すく》うようにしてごらん、お冬ちゃん。

――わあ、梯子《はしご》ができた！

――あら、上手ねえ。

姉妹が無邪気に楽しんでいる様子が伝わってきて、里緒もなにやら嬉しくなる。

里緒は料理を膳に載せて、部屋へと運んだ。姉妹は赤い糸を指に絡めたまま、目を瞬かせた。里緒は二人に微笑んだ。

「よろしければ召し上がってね」

姉妹は頷き、膳の前に行儀よく座る。膳の上には、ご飯と味噌汁のほか、鰹の角煮と、ひじきと絹さやの煮物が載っていた。

姉妹は鰹を頬張り、顔を見合わせてにっこりした。近頃出回り始めた鰹は、幼い子たちも魅了するようだ。味の染み込んだ鰹の角煮をご飯の上に載せて、二人は夢中で食べ、米粒一つ残さなかった。

「ご馳走様でした。とっても美味しかったです」

二人は声を揃えて、里緒に礼を言った。

「お粗末様でした。よかったわ、味わってもらえて」

「さっきのお兄さんからおにぎりをもらって食べたのに、また食べてしまいました」

「おにぎりも美味しかったです」

里緒は微笑んだ。

「たくさん食べて、そろそろ眠くなってきたんじゃない」

二人は目を見交わし、首を傾げる。

「そうかもしれません」

ここを訪れた時は寂しげだったが、姉妹は今や安心したような笑みを浮かべている。

女の皆で和んでいるところに、半太が隼人を連れて戻ってきた。里緒は隼人に丁寧に頭を下げた。

「山川様、ご足労《そくろう》をおかけして申し訳ありません」

「いいってことよ。話は半太から聞いた。家までちゃんと送り届けて、母親にがつんと言ってやるぜ。まあ、この娘たちにも説教はするがな」

苦笑いする隼人に、里緒は再び深く礼をした。

「お願いいたします」

「任せておけ」

隼人と半太は姉妹を連れて、玄関へと向かった。吾平に預けていた子猿も引き取り、上がり框を下りたところで、里緒が姉妹に包みを渡した。

「お猿さんに食べさせてあげてね」

中には、小さく握ったおにぎりが入っている。姉妹は丁寧に礼を述べ、深々と頭を下げた。

「迷惑をかけて、本当にごめんなさい」

姉妹の声は微かに震えている。里緒は二人の背中をそっとさすった。

里緒たちは外まで見送った。半月が浮かぶ夜、隅田川は緩《ゆる》やかに流れている。帰っていく姉妹たちに向かって、お栄とお初が声をかけた。

「元気でね」

「また綾取りしようね」

すると姉妹は振り返り、「ありがとう」と手を振った。

姉妹の小さな後ろ姿を眺める里緒に、お竹が話しかけた。

「幽霊だなんて疑って悪かったですね。素直なよい娘さんたちじゃないですか。よかったですよ、変な事件に巻き込まれなくて」

「本当に。あの子たちの母親には、山川様に雷を落としてもらわないとね」

里緒とお竹は微笑み合った。


翌日、隼人が見廻りの途中で雪月花を訪れ、姉妹の母親を叱り飛ばしてよく注意をしたことを里緒に告げた。

「姉さんが六つ、妹が五つというから、少し早いがさっさと手習い所へ入れろ、と言っておいたぜ。ああいう娘たちには、しっかり教える者がいないといけねえ。通わせる手習い所も、あの近くで手配しておいた」

里緒は胸にそっと手を当てた。

「安心いたしました。さすがは隼人様でいらっしゃいますね。ありがとうございます」

里緒に眩しげに見つめられ、隼人は照れくさそうに頭を掻く。

「あの子猿は、飼ってもよいことになったのでしょうか」

「それだがな、緑豊かなところに、放してやった」

里緒は目を見開く。隼人は続けた。

「あの娘たちの母親が嫌がったんだ。猿にとっても、嫌々《いやいや》飼われるよりは、自然に戻ったほうが幸せなんじゃねえかと思ってな。娘たちは寂しがったが、よく言い聞かせた。本当の優しさってのは、自分たちの気持ちを押しつけることじゃなくて、相手の気持ちを考えるってことなんだぜ、子猿の気持ちを考えてごらん、とな」

「あの子たち、納得したのですね」

「涙ぐんではいたがな。二人は、俺に言った。生き物だってのびのび暮らしたほうが幸せでしょう、ってな」

「いい子たちですね」

「そうだな。緑の中に放してやったら、あの子猿、生き生きと駆けていったぜ」

「子猿も喜んだことでしょう」

二人が微笑み合っているところへ、吾平が帳場から顔を覗かせた。

「旦那、どうぞお上がりください」

「いや、ここでいい。町はだいぶ落ち着いたが、まだ油断はならねえからな。昼日中から油を売ってる訳にはいかねえんだ。……そういう訳で、今日はこれで暇するぜ。里緒さん、またな」

「はい。どうぞお気をつけて」

里緒に見送られ、隼人は勇ましく立ち去った。

三

隼人は半太と亀吉に、代之助と、洲崎の周辺を交替で見張らせた。金箔が顔に貼られた死体が見つかったのは、一番目も二番目も、奇妙な噂があった場所の近くだったからだ。それゆえもし三番目の殺しが起きるならば、幽霊姉妹の噂が立っていた洲崎の辺りが危ないと、隼人は睨んだのだ。

——代之助は今のところはおとなしいようだが、ここ数日の間に、何かやるかもしれねえ。

瓦版が、幽霊姉妹の噂は勘違いだったと書いたので、この騒ぎはひとまず収まった。それゆえに、下手人は動きを見せるだろうと、隼人は踏んだ。今まで、小さな騒ぎの収束と連動して、殺しが起きているがゆえに。

半太と亀吉は必死で見張り続けたが、その甲斐《かい》も虚しく、少し経った頃に、洲崎近くの島田町《しまだちょう》の草むらで、またも若い女の死体が見つかった。

女はやはり十七、八ぐらいで、今回も顔に金箔が貼られていた。死臭を感じさせぬほどに馨《かぐわ》しい匂いがしていたのも、これまでの死体と同様だった。そして今度の女もまた、酷く殴られ蹴られていて、腕や脚が痣《あざ》だらけだった。

隼人は死体を検《あらた》めながら、押し黙ってしまった。

——三人目を防げなかったか。しかし不思議だ。近頃は昼も夜も、あちこちに見廻りや見張りの者たちがいるってのに、よくそれをすり抜けて、こんなことができたもんだ。……まあ、色々なところで毎日、物騒なことが起きて、奉行所の者たちだけでは手が足りねえ状態だからな。その目を掻い潜っているのだろうが、なにやら悔しいぜ。

そろそろ本腰を入れて探らなければと、隼人は奮《ふる》い立つのだった。

見張っていた洲崎の近くで三人目の死体が見つかり、半太と亀吉は落ち込んでしまった。そんな二人に隼人は蕎麦を奢《おご》ってやり、励ました。

「仕方ねえよ。終わっちまったことを悔やむより、四人目を出さねえよう、気合を入れようぜ」

「はい、頑張ります」

二人はしょげながらも、とろろと分葱がたっぷり載った蕎麦をあっという間に平らげる。

「そんだけ食い気がありゃ大丈夫だな」

隼人は笑った。

半太と亀吉によると、代之助は家に女を連れ込んで毎日ぐうたらしていたらしく、殺しに関わっているようには見えないとのことだった。隼人は顎をさすった。

「そうか。しかし、見張りはまだ続けてくれ。得体の知れねえ男のような気がするからよ」

「かしこまりました」

二人は顔を引き締める。

「俺も一度、代之助に話を聞いてみるか。亀吉、その時は付き合ってくれ」

「分かりやした。……でも、妙な噂が立ったところに死体を棄《す》てているってことは、このままおかしな噂が何も流れなければ、殺しも止まるってことですかね」

隼人は腕を組んだ。

「まあ、そうかもしれねえなあ。だがよ、本所七不思議じゃねえけど、妙な噂ってのは、結構あるもんじゃねえか。俺の役宅の近くにも、三つ目の猫が現れる、なんて噂が真しやかに流れてるぜ」

「そういや、おいらの居候先の近所でも、そういう噂がありますよ。耳まで口が裂けた婆さんが、深夜に彷徨っているって」

「あっしが住んでる長屋の近くでもありやすよ。明け方に井戸の傍で熱心に褌《ふんどし》を洗っている男に声をかけたら、のっぺらぼうだった、なんてのが」

隼人たちは神妙な顔つきになる。

「ほらな。嘘か真か分からねえが、妙な噂ってのは至るところにあるもんだ。それゆえ四番目の殺しが起きることは大いにあり得る。それを防ぐには、下手人を捕まえるしかねえよ」

「仰るとおりで」

半太と亀吉は納得した。

殺された女の身元を探ったところ、名はお北《きた》で、洲崎近くの水茶屋《みずぢゃや》で働いていたことが分かった。

殺された女たちの死体には共通点があるが、三人が生前に何か関わりがあったのか否かはまだ摑めていなかった。

隼人は亀吉と一緒に、代之助の長屋へと赴いた。腰高障子を叩くと、代之助が顔を出した。寝惚《ねぼ》け眼《まなこ》で、熟柿《じゅくし》臭《くさ》い息を発している。同心姿の隼人を見て、代之助はぎょっとしたように身を竦めた。

「ちょっと話を聞かせてもらうぜ」

隼人は威嚇するような低い声を出し、十手をちらりと見せる。代之助は溜息をつき、隼人と亀吉を中へと入れた。

部屋には女がいたが、隼人たちと入れ替わりに、悩ましげに会釈をして出ていった。白粉《おしろい》の匂いが残る部屋で、隼人は代之助と向き合った。色白で細面《ほそおもて》の優男だが、目つきには険《けん》がある。

――こういう奴が暴れ出すと、怖えんだよな。

隼人は軽く咳払いをして、切り出した。

「若い女たちが続けて殺されていることは、お前さんも知っているだろう。顔に金箔を貼られて、遺骸が棄てられていた事件だ。一番初めに殺された居酒屋勤めのお順は、客だったお前さんと親しかったようだな。……まさか、お前さんが殺ったなんてことはねえよな」

隼人は端的に訊ねた。相手の出方を見るためだ。代之助は白い顔を青ざめさせ、薄い唇を微かに震わせる。額に青筋を浮き立たせながら、薄笑みを浮かべて答えた。

「どうして私がお順を殺さなければならないんでしょう。旦那、なにか誤解していませんか。私とお順は、店では親しくしていましたが、別に付き合っていた訳じゃありません。特別思い入れもない女を、殺すはずなんてないじゃないですか」

「でもよ、お順は、お前さんのこの塒《ねぐら》に、時々遊びにきていたっていうじゃねえか」

隼人と代之助の目が合う。隼人は不敵な笑みを浮かべ、代之助は唇の端を歪《ゆが》めた。

「まあ、何度かはそういうこともありましたがね。……お順のほうが私に言い寄ってきたんですよ。あいつは、好みの男は、自分から誘っていました。押しの強い性分なんですよ」

「男関係は派手だったようだな」

「私以外にも関係を持った男は数多くいたでしょうから、一人一人探ってみればよろしいではないですか。私は誓って殺っておりません」

「殺すつもりはなかったが、殴ったり蹴ったりしているうちに死んじまったってこともあり得るよな」

代之助は隼人を睨んだ。目の際が紅く染まっている。こめかみが微かに痙攣《けいれん》し、額の青筋もさらに浮き立って見えた。代之助は押し殺したような声を響かせた。

「私は確かにろくでもない男ですが、そこまでおかしな趣味はありませんよ」

隼人は笑みを浮かべ、話をすっと変えた。

「お順から、しつこい男がいて困っている、などという話を聞かされたことはなかったかい」

「……ああ、愚痴をこぼしていたことがありましたね。お順は、男から言い寄られることも多かったですから」

「どんな男だと言っていた」

「詳しくは分かりませんねえ。ただ、こんな愚痴はたまに聞きました。冴えない男にちょっと優しくしてやったら、たちまちその気になって、馴れ馴れしくて困ってしまう、と」

「居酒屋の客だろうか」

「客にもいたでしょうし、店の外で知り合った男にも、そのような手合いはいたと思います」

亀吉が口を挟んだ。

「お順は鞠子《まりこ》で育って、数年前に江戸へ来たそうだな。新鳥越町の居酒屋に勤める前に、どこかで働いていたって話は、聞いたことがねえか？」

代之助は少し考え、答えた。

「たぶん、前に働いていたところも居酒屋だと思います。もしくは水茶屋でしょうか。お順は見た目には自信があったみたいで、江戸では率先して客をもてなす仕事をしているようでした」

「店の名前や場所なんかは分からねえかな」

「そこまでは分かりかねます」

隼人は代之助に向かって微笑んだ。

「いろいろ教えてくれてありがとうよ。突然押しかけちまって悪かった。邪魔したな」

隼人と亀吉は立ち上がり、代之助の住処を後にした。

長屋の木戸を出たところで、隼人は亀吉に耳打ちした。

「お前はここに残って、気取られぬように代之助の見張りを続けてくれ」

「かしこまりやした」

亀吉は頷き、百日紅《さるすべり》の木陰に身を潜める。隼人は奉行所へと戻る道すがら、考えを巡らせた。

——俺の勘だと、代之助が下手人か否かは、五分五分といったところだな。二番目と三番目に殺された女たちと奴の関わりはまだ摑んでいねえが、お順を撲《なぐ》り殺《ころ》したことで妙な悦《よろこ》びを得て、味を占めて次の獲物を探していったとも考えられる。……代之助が下手人ではないとしても、そのような奴がやっているのだろうか。殴ったり蹴ったりしたくて、女たちを漁《あさ》っているのか。一連の殺しは、単にいかれた奴の犯行なのだろうか。

半太は三番目に殺されたお北を探っており、人手が不足しているので、隼人は寅之助に頭を下げて盛田屋の若い衆を貸してもらうことにした。

奉行所へ戻る前に盛田屋へ立ち寄ると、若い衆たちが威勢よく声を揃えて隼人を迎えた。

「旦那、いらっしゃいやし！」

「親分はいるかい」

「はい、おりやす」

「じゃあ、ちょっと上がらせてもらうぜ」

若い衆の一人の磯六《いそろく》に案内され、隼人は内証へと向かった。強面《こわもて》の寅之助は恋女房の膝枕で転寝《うたたね》をしていたが、隼人の気配を察すると、飛び起きた。

「これは旦那、失礼しました」

「お楽しみのところを、すまんな、いつも」

笑いを嚙み殺す隼人に、寅之助の女房のお貞《てい》は丁寧に会釈をした。

「今、お茶をお持ちいたします」

素早く部屋を出ていくお貞に、隼人はちらと目をやる。町火消の娘だったお貞は、里緒と同じく、若い頃には浅草小町と謳われ、今でも別嬪《べっぴん》だ。齢五十九の寅之助より一つ年上のお貞は、出しゃばらぬようにしながらも、盛田屋を気丈に仕切っていた。

お茶が運ばれ、それを啜りながら、隼人は人手を貸してほしい旨を、寅之助に話した。

「殺された三人の女たちを、それぞれ探ってもらいてえんだ。特に男関係についてだ。仕事場を変わっていた者もいるようだから、できれば前の仕事場まで突き止めて、探りを入れてほしい」

「かしこまりました。旦那のお願いでしたら、聞かない訳にはいきません。力添えさせていただきます。早速、子分たちを何人か走らせますよ」

寅之助は顔を引き締める。

「すまんな、忙しいところ」

「いいえ。火事のごたごたも、だいぶ落ち着いてきましたんで。旦那のほうこそ、見廻りなどでまだまだお忙しいでしょう」

「まあな。それゆえ人手が足りねえって訳だ」

隼人は苦笑しつつ、腕を組んだ。

「だがな、この件は、行きずりの犯行とも思えるんだ。いかれた奴が、どこかで目をつけた女たちを、脈絡なく襲っていると考えるのが妥当なような気もする。

そういう下手人を見つけ出すのが、一番厄介だ。時間がかかるだろうからな」

寅之助は首を傾げた。

「死体に共通していることは、いったい何を意味しているんでしょう。何のために、下手人は死体の顔に金箔を貼ったりしているんですかね」

「もしや何かの主張なのだろうか。これらの殺しは俺様がやってるんだと、自慢したいのかもしれねえな。どうだ凄いだろう、見つけ出して捕まえてみやがれ、自慢とな」

寅之助は顔を顰めた。

「嫌な自慢ですな。……ってことは、下手人は奉行所に挑んでいるのですかね？」

隼人も苦虫《にがむし》を嚙み潰したような顔になる。

「俺たちを莫迦《ばか》にしてるって訳か。なにやら人を食ったような下手人だ。永尋《ながたずね》はなんとしても防ぐぜ。絶対に捕まえてやる」

「そういたしやしょう」

二人は顔を見合わせ、意気込むのだった。

奉行所に戻った隼人に、医者が三番目の死体を検めた結果を報せた。

「今回も激しく殴られたり蹴られたりしています。でも、凌辱はされていませんでした。毒を盛られた訳でもないようです」

医者は続けて伝えた。

「少し気になりましたのは、一番目の女が、一番激しく殴打されていたことです。二番目、三番目と、殴打の痕が少しずつ緩やかになってきているのです。女を殴ることに悦びを得る者ならば、普通、味を占めると、それが徐々に激しくなっていくと思うのですが」

「確かに……そうですね」

考えが纏まらず、隼人は押し黙ってしまった。

隼人は金色の偽髑髏についても、気になっていた。髑髏を崇拝する宗派の存在を調べるうちに、鎌倉時代に活動していた密教の集団を突き止めた。髑髏本尊を祀り、性的儀式を繰り返す、いわゆる邪教であるが、はっきりとした名称は分かっていないようだ。そもそも名称を持たなかったこともあり得る。

異端の邪教ゆえ迫害されることもあったであろう、室町時代にはほぼ消滅していたようだ。

——表向きにはなくなっているようだが、もしやその邪教は未だに密かに残っているんじゃねえか？　金色の偽髑髏を埋めたのは、そいつらなのだろうか。

……問題なのは、金色の偽髑髏の件と、金箔が貼られた死体の件が、関わりがあるか否かだ。偽髑髏が見つかった後から、死体が続けて遺棄されるようになったんだ。やはり、何か繋がりがあるような気がする。

隼人は頭を働かせる。

——偽髑髏を埋めた奴が、一連の殺しの下手人とも考えられねえか。もし邪教の者たちが埋めたとしたら……まさか、女たちを儀式の生贄《いけにえ》にしているのでは。

だが、こうも思うのだ。

——それにしては、女たちは身体に凌辱をされた様子はねえんだよな。儀式を繰り返す邪教の生贄になったとすれば、それは避けられねえだろうから……その線はやはり違うのか。それともその邪教は、かつては怪しい儀式を繰り返していたが、今は暴力の儀式を繰り返す集団と成り果てているのだろうか。

いずれにせよ隼人は、謎の邪教の存在を、必ず突き止めるつもりだった。

# 第四章　美しい主人

## 一

卯月も半ばになり、気候がよくなるにつれて町は次第に明るさを取り戻していった。雪月花の客足も元に戻ってきて、里緒たちは朝から忙しい。

汗ばみ始める時季には、羽目を外したくなるものか、吉原や花川戸で遊び惚けて帰りそびれた者たちが、雪月花に多く訪れた。

二階の廊下でお竹が声を潜めて、里緒に話しかける。

「先ほど部屋に上げたお客様、吉原に丸二日も居続けて、追い出されたそうですよ。相当お呑みになったみたいで、宿をどこにもとれそうもないからと、うちに来たようです」

「そんなことだろうと思ったわ。お見えになった時、ふらふらなさっていたもの。でも、ただ酔っ払っているだけで、悪いことをするような方ではないわよ。……ところでお家はどちらかしら」

里緒は苦笑いしながら、宿帳を確認する。男は甚右衛門《じんえもん》という名で、常陸《ひたち》で海産物問屋を営んでいるようだ。雪月花には初めて泊まるお客だった。

「あれだけ酔っていらっしゃったら、夕飯はお召し上がりになれないかもしれないわね。もうお寝《やす》みになられているのでは」

「ところが、夕餉を楽しみになさっているみたいですよ。五十は過ぎているでしょうが、お元気でいらっしゃいます」

お竹は首を竦めた。

六つを過ぎ、お竹が夕餉を運ぶと、甚右衛門は膳を眺めて舌舐めずりをした。鰹のとろろ丼、白子《しらこ》の天麩羅と蕪の葉の掻き揚げ、タラの芽と椎茸と蒟蒻《こんにゃく》の煮物、それに豆腐の味噌汁と、蕪の葉のお浸しがついている。

甚右衛門は酒を呑みつつ、夕餉を味わった。この時季の目玉は、やはり鰹だ。とろろが絡んだ鰹をご飯と一緒に頬張り、甚右衛門は恍惚《こうこつ》とした。

お竹が下がろうとすると、甚右衛門は呼び止めた。

「明日も泊めてもらって、明後日に帰ろうと思うのだが、大丈夫かい」

「かしこまりました。どうぞごゆっくりなさってください」

お竹は丁寧に一礼する。

「店は倅《せがれ》が采配《さいはい》を振るっているのでね、そう急いで帰らなくてもいいんだよ」

「さようでございますか。悠々となさったご身分、羨ましい限りです」

「いや、それほどでもないがね」

甚右衛門は頭を掻きつつ、笑みを浮かべた。どっしりと貫禄があり、どこか恵比寿天を思い起こさせる風貌である。甚右衛門は酒を啜って、お竹に言った。

「それで、お願いがあるんだ。明日、亀戸《かめいど》天満宮まで案内してもらえないかい？　そこには、まだ行ったことがなくてね。一度行ってみたいと思っていたんだ。ちょうど藤《ふじ》の花が見頃だろう」

お竹は、案内を頼むお客が増えているのはどういう訳なのだろうと思いつつ、返事をする。

「かしこまりました。女将に相談してみますので、少しお待ちいただけますか」

甚右衛門に了解を得ると、お竹は一階へと下りた。

帳場でお竹から話を聞き、里緒は少し考えて、答えた。

「ならば、今度は吾平さんに付き添ってもらいましょう。吾平さん、お願いできるかしら」

里緒の判断に、吾平とお竹は納得したように頷いた。

「はい、引き受けましょう。私がお連れするのが一番安心です」

「でも甚右衛門様、明日になったら急に、行かないって仰るかもしれませんね。二日酔いが酷くて」

「あり得るわね」

三人は目を見交わし、含み笑いをした。

翌日、甚右衛門は熟柿臭い息を吐きつつ、吾平と一緒にいそいそと本所へと向かった。亀戸天満宮は、藤の名所として名高い。境内では、太鼓橋が架かる心字《しんじ》池《いけ》に沿って、藤棚が巡らされている。藤の花が映えて、心字池までもが薄紫色に染まる眺めは、壮観であった。

猪牙舟《ちょきぶね》で隅田川から東へ。源森川《げんもりがわ》から北十間川《きたじっけんがわ》そして十間川へと辿り、少し行くと亀戸天満宮へと着く。本所は貧しい旗本や御家人《ごけにん》の家が犇《ひし》めいているが、天満宮の周りの押上《おしあげ》村や柳島《やなぎしま》村の長閑な眺めは緑豊かでよいものだった。

天満宮に足を踏み入れると、咲き誇る藤の花が発する芳香が一斉に漂ってくる。

甚右衛門は結局のところ、藤を眺めながら、酒を呑みたかったようだ。紫色に艶やかに染まる境内の中、吾平と甚右衛門は茣蓙《ござ》の上に腰を下ろして、一杯やった。

雪月花弁当も、鶉《うずら》の卵と厚揚げの煮物や、竹輪の天麩羅、鯵《あじ》の塩焼きなど、つまみにもよいお菜《さい》が多くて、酒が進むのだった。

「番頭、あんたも女所帯でいろいろ気を遣っているんだろう。たまにはこんな息抜きも必要だよな」

「いやいや、まことに。結構、苦労してますよ。うちは、うるさい女が多いのでね」

「女将さん、淑やかに見えて、あれでなかなか厳しそうだよな。仲居頭も隙がないねえ」

「さすが大旦那様。分かっていらっしゃる」

男二人、昼日中から顔を赤らめ、藤を眺めて酒を呑む。天満宮には吾平たちだけでなく、そういう輩が溢れていた。

皆、酒が廻っていい気分になっているので、話し声もつい大きくなる。人が多いので、隣の者と肘がぶつかり、ごめんなどと謝って言葉を交わしているうちに、吾平たちはいつの間にか周りの者たちと打ち解け、皆で一緒に酒を呑んでいた。花見にはよくある風景だ。

たわいもない話をして和んでいると、その中の一人が声を少し潜めて、言い出した。

「近くの柳島村の、ちょっと変わった家の噂を知っているかい？」

吾平と甚右衛門は目を見交わした。六人ぐらいで呑んでいたのだが、噂を知っている者と知らない者は半々だった。吾平たちはもちろん知らない。言い出しっぺの男は、その家の噂を教えてくれた。

その噂の家には、齢三十ぐらいの美女が一人で住んでいるのだが、様子がちょっとおかしいそうだ。その美女はどこぞの旗本の後妻だったが、子供ができず、夫が亡くなると家は前妻の嫡男《ちゃくなん》が継ぐことになった。

それで美女は家を離れ、柳島村に移り住んだのだが、武家の女にしては珍しく、下働きを置いていない。その女主人は上品な美しさに溢れているので、しばしば酒や食料などを届ける商人たちの中には、彼女に憧れている者もいるという。しかし、まったく暮らしぶりが見えてこないそうだ。女主人は人付き合いが苦手なようで、家に閉じ籠《こも》っていることが多く、謎に包まれているらしい。

ある夜、彼女に密かに思いを寄せている男が、家の裏手に回ってこっそり近づき、様子を窺ってみたという。暖かくなってきた頃だったので、五つを過ぎていたが雨戸は閉まっていなかった。そして、男は目を瞠った。障子一面に、ふわふわとした無数の小さな影が映っていたからだ。影は浮遊し、揺れ動いている。それは、まるで人魂《ひとだま》の群れのようで、男は息を呑んだ。

耳を欹《そばだ》てると、呻《うめ》き声のようなものまで聞こえてくる。男は微かに震えた。

——あの声は誰のものだろうか。男の声のように聞こえる。……だが、ここには男は住んでいないはずだ。だとしたら、女主人の声ってことか？

すると部屋の中でガタッと大きな音がして、障子に映る人魂の如き無数の影は、いっそう蠢《うごめ》き始めた。それと同時に、呻き声もさらに響いてくる。男は恐ろしさに耐え切れなくなり、逃げるようにその家を離れたという。

その男のほかにも、障子一面に映る人魂のような影を見た者たちがいて、奇妙な家の噂は静かに広がっていた。つい最近、《本所の不思議な家》という見出しで、瓦版にもそれとなく書かれたそうだ。

吾平と甚右衛門は顔を見合わせた。

「その女主人ってのは、実は市子《いちこ》で、呪文でも唱えて死人の霊を呼び寄せているんじゃありませんかね」

「美人の市子なんて、ちょっと見てみたいねえ。しかし無数の人魂や死霊を操る女ってのは、なにやら恐ろしいな」

甚右衛門は肩をぶるっと震わせる。噂話に興じる男たちの一人が、酔った勢いで言った。

「今から覗きにいってみましょうか、その家を」

「やめとけよ。下手に近づいて、恐ろしい目に遭わされたら敵《かな》わないぜ」

「美しい女は棘《とげ》を持ってるってさ。おいらの祖母《ばあ》ちゃんがよく言ってたぜ」

風が吹いてきて、藤の香りがいっそう立ち込める。吾平はぼんやりと思っていた。その美しい女主人は、人を妖しく魅了する藤の花に、どこか似ているのではないかと。

日が暮れる前に花見をお開きとし、吾平と甚右衛門は雪月花へと帰った。甚右衛門はよいとしても吾平までもが熟柿臭く、酒を呑んだと一目で分かったので、里緒やお竹は驚いた。

甚右衛門はすっかりできあがっているようで、お栄とお初に足を濯いでもらいながら、財布を取り出して、頻りに心づけを渡そうとする。

「お姉さんたち、よくやってるねえ。これ、少ないけれど取っておいて」

へらへらと笑いながら、甚右衛門は小判を二人に差し出す。お栄とお初は困った顔だ。堪《たま》りかねて、里緒が中に入った。

「お客様、私どもはお気持ちだけで十分でございます。大切なお金は、どうぞお仕舞いになってください」

里緒は毅然《きぜん》とした態度で金子《きんす》を押し返し、甚右衛門の懐へ財布を押し込んだ。

甚右衛門はにやけながら頭を掻いた。

「そうか。金子は大切にしなくちゃいけないんだな。じゃあ、お姉さんたちには何をあげればいいんだろう」

酔っ払いの戯言《ざれごと》に、お栄とお初は苦笑いだ。

「お客様、私たちにはお気遣いなく」

「私たちはお客様からいただく、ありがとうというお言葉が、なにより嬉しいのですから」

二人が答えると、甚右衛門は目を見開き、大きく頷いた。

「よい心がけだ。いや、感心、感心。ありがとう」

甚右衛門は放蕩《ほうとう》好きの大酒呑みだが、どこか憎めない。足を清めたところで、お竹とお栄に付き添われ、二階へ上がった。

里緒はそれを見届けると、吾平を軽く睨んだ。

「吾平さんまで酔っ払うことはないでしょう。一杯や二杯ならともかく、かなり呑んだんじゃない？」

「すみません。……つい、羽目を外してしまいました」

吾平はバツの悪い顔で、素直に謝る。里緒は口を尖らせた。

「お花見では、つい気が緩んでしまうというのも分かるわ。でも、どのような訳があるにせよ、番頭たる吾平さんが昼日中から顔が真っ赤になるまでお酒を呑んでは、うちの若い子たちにも示しがつかないでしょう？　その点をもう少し考えてほしかったの」

「はい。女将にぴしゃりと言われて、目が覚めました。以降、気をつけます」

項垂れる吾平に、里緒は微笑んだ。

「反省してくれたのなら、もう、いいわ」

「ありがとうございます」

吾平はようやく顔が上げられるようになる。そこへ足音を響かせ、お竹とお栄が二階から下りてきた。二人ともなにやら険しい顔だ。

「ちょっと、吾平さん」

お竹が吾平に迫り、お栄も後に続く。

「甚右衛門様から伺いましたよ。雪月花の女たちがいつもうるさくて敵わないから、その憂さを晴らすためにお酒を呑んだそうですね！　私たちのどこがうるさいというんです」

お竹に嚙みつかれ、吾平は目を丸くしてから白黒させた。

「い、いや、それはだな」

里緒も笑みを消し、吾平ににじり寄った。

「聞き捨てならないわね。お客様を相手に、私たちの愚痴をこぼしたというの」

「私たちに仰りたいことがあるのなら、今ここで、はっきり仰ってください」

お栄の目も据《す》わっている。三人の女に囲まれ、吾平の顔から赤みが引いていく。

その時、幸作が板場から顔を覗かせ、声を上げた。

「もうすぐ夕餉の支度ができますんで、配膳をお願いします。……って、皆さん仲よく何を喋ってんですか。忙しい刻だってのに」

するとと吾平が大きな声で返した。

「おう！　さあ、仕事しなくちゃな。そうだ、幸作。ちょっと話があるんだ。最近、食材費が結構かかっちまってるから、もう少し抑えることはできねえかな」

吾平は女たちをさりげなく押しのけ、幸作の方へと擦り寄っていく。板場の入り口で、幸作を相手に真面目腐って話をする吾平を眺めながら、里緒たちは唇を尖らせた。

「上手く逃げたわね」

「いつかお灸《きゆう》を据えてやりますよ」

「うんと熱いのをお願いします」

女たちの殺気が伝わったのだろうか、吾平の大きな背中が一瞬ぶるっと震えた。

一日の仕事を終えると、吾平は里緒とお竹の前で、失言について深く詫びた。頭を下げる吾平を眺めながら、里緒とお竹は目を見交わし、息をついた。

「旅籠の外に出て、浮かれて、つい口が軽くなってしまったという訳ね。いいでしょう。今回は許します」

吾平が顔を上げると、二人は微笑んでいた。

「本当にすみませんでした。いや、本心では、女将はじめお竹たちも、皆よくやってくれているなと感謝してるんですよ。照れくさいんで、普段は口に出しませんがね」

「分かっているわよ。そのような思いが底にあってこその憎まれ口だったということは」

「まあ、私たちも、吾平さんにちょっと文句を言ってやりたくなったんですよ。藤の花を眺めながらお酒を吞んだりして、一人だけいい思いをしてね」

　吾平は眉を掻いた。

「そんなことを言うが、お竹、お前だってお客様に付き添って、回向院に秘仏を見にいったじゃねえか」

「確かに。でもお酒は吞んでませんもの。愚痴もこぼしませんでしたしね」

　お竹は澄ました顔だ。二人を交互に見ながら、里緒は膝の上で、のの字を書いた。

「皆、いいわね。考えてみたら私だけ、どこにも行ってないわ」

「仕方ありませんよ、女将はここにいてくれないと」

「そう、いじけなくても。幸作さんだって、出かけてないじゃないですか」

　里緒は唇を尖らせた。

「別に、いじけてる訳ではないわ。ただ、ちょっと羨ましかっただけよ。……ねえ、吾平さん。亀戸天満宮は、どのような感じでした？　ここ最近、あそこには行っていないから、気になるわ。それほど変わってはいなかった？」

「ええ。建物なんかは変わってませんが、藤は、前見た時より一段と豪華になった気がしました」

　吾平は天満宮と藤の花の様子を語りながら、ふと思い出し、柳島村の奇妙な家のことも、里緒たちに話した。

「その後家《ごけ》さんは、植木屋まで雇って庭をよく手入れして、花畑のようにしていたそうなんです。それなのに今年に入ってから、それをすっかりやめてしまったというのも、妙な話でね。庭に花がなくなってしまったらしいんですよ」

　里緒は首を傾げた。

「盆栽に替えたのかしら。盆栽なら家の中でも育てられるもの」

　お竹が相槌を打つ。

「ああ、そうかもしれませんね。それか、花を育てるのが面倒になってしまったのか、どちらかでしょうね」

「それにしても、障子に映る無数の人魂らしき影と、呻き声というのは、やはり気になるわ。その後家さんが実は市子で、霊の呼び寄せをしているのでは、とも疑われているのね？」

「そのようです。まあ、いずれにしても、気味のよい話ではありませんよ」

吾平は苦い笑みを浮かべる。お竹が半ば呆れたように言った。

「しかし、妙な噂って、どこにでも転がっているもんですねえ」

「その家のことは、あの辺りの瓦版にも書かれたみたいだ。村の名前などは伏せて、家を特定できないようにしていたらしいがな」

里緒は顎に指を当て、思案顔になった。

「瓦版に書かれたのならば、もしかしたらその噂話が落ち着いた頃、またその辺りで、何かあるかもしれないわね。……死体が見つかるとか」

吾平とお竹は目を見交わした。

「確かに、今までは噂話が広まったところの近くに、死体が棄てられていましたな」

「下手人は、噂があるところの近辺を、前以てうろうろしていると思うの。次の獲物を物色したり、死体を棄てる場所を探したりして。あらかじめ狙いを定めておかなければ、あれほど手際よくは動けないでしょう」

「では、下手人は、そろそろ柳島村の辺りをうろつき始めるかもしれないって訳ですね」

吾平の言葉に、里緒は頷く。お竹は首を捻った。

「でも不思議ですよねえ。どうして下手人は、噂があった場所をわざわざ選んで、死体を棄てているのでしょう」

「噂が立って、小さな騒ぎが起きた場所の近く、よね。……殺された女の人たちも、その辺りに住んでいる人たちだったわ。やはり、前以て物色しているのよ」

「そう考えると、次は柳島村の辺りが、確かに危ないかもしれませんね。山川の旦那にお報せしたほうがいいでしょうか」

里緒は顎に再び指を当てた。

「山川様よりも、盛田屋の親分さんのほうがいいかもしれないわ。あそこの若い衆の皆さんも、山川様の探索にお力添えしているようだから。親分さんにお話しすれば、山川様のお耳にも入るでしょう。それに親分さんなら、若い衆の誰かを柳島村の見張りにつけてくれるかもしれないわ」

吾平は頷いた。

「承知しました。明日、親分のところへ行ってきます」

「半太さんと亀吉さんも、それぞれ忙しいみたいですものね。親分さんから旦那に伝えてもらうのが、一番早いですよ」

お竹はぬるくなったお茶を啜った。

二

吾平から話を聞いた寅之助は、若い衆たちに、手の空いている者は柳島村も見張るよう告げた。盛田屋の若い衆たちは交替で、殺された三人の女たちについて、特に男関係を詳しく探っていた。しかし今のところ、下手人に結びつくような者は浮かび上がってきていない。

寅之助は早速、磯六を柳島村へ向かわせることにした。吾平から聞き、寅之助も奇妙な家について何か不穏なものを感じたからだ。寅之助は磯六に命じた。

「その噂の家をちょっと探ってみてくれ。それから柳島村をぐるりと回って、近頃なにやら怪しげな者が出没してねえか、聞き込んでみてくれ」

「かしこまりやした。調べてきやす」

磯六は精悍《せいかん》な顔をさらに引き締め、直ちに向かった。

齢二十四の磯六は、遊女屋で生まれ育ち、十五、六の頃は手の付けられない暴れ者で、山之宿の鼻つまみ者とまで言われていた。その磯六を預かったのが、寅之助だった。寅之助に一から叩き直された磯六は、今では寅之助を本当の親のように慕い、忠実な子分として真面目な働きを見せている。

磯六は柳島村に着くと、訊ね歩きながら、例の家を見つけた。それほど大きくはないが、光悦寺垣《こうえつじがき》と呼ばれる竹垣で囲まれた、奢侈《しゃし》な造りだ。竹垣越しに覗いてみると、小さな庭があったが、確かに手入れは怠《おこた》っているようだった。草は伸び放題、花は見えず、木の枝の剪定《せんてい》もされていない。家は奇妙なほどに、静まり返っていた。

――なんだか人が住んでいないように見えるな。

磯六は一瞬、寒気を感じた。近くの草むらに身を潜めて様子を窺っていると、少し経って、四十ぐらいの女が浮かない顔でその家の枝折戸《しおりど》を出てきた。

その風貌から、話に聞いていた美しい女主人という訳ではなさそうだ。そう察しつつも、磯六はその女にさりげなく近づき、声をかけてみた。

「あの、すいやせん。この家のご主人でいらっしゃいやすか」

「あ、いえ。そうではありません。用があってお訪ねしただけです」

女は相当やつれていて、顔色が悪い。ふらりとしたので、磯六は女を支えた。

「大丈夫ですか」

「ええ……ちょっと眩暈《めまい》がしただけです。なんだか、苦しい」

女は胸を押さえる。磯六は慌てた。

「ここのご主人を呼んできやしょうか」

だが女は首を横に振った。

「それは結構です。……少し休めば、治ります。どこか、木陰で」

女は額に汗を浮かべている。磯六は女を支え、家の傍を離れた。

磯六は女を木陰へと連れていった。アオバトのさえずりを聞きながら、そこで静かにしていると、女は直《じき》によくなった。落ち着くと、女は磯六に頭を下げた。

「付き添ってくださって、ありがとうございました。もう大丈夫です。一人で家へ帰れます」

磯六は微笑んだ。

「そりゃよかった。お疲れだったんですね。もう暫く、休んでいったほうがいいですよ」

女も笑みを浮かべようとしたが、涙ぐんでしまった。磯六は躊躇《ためら》いつつ訊ねた。

「何かあったんですか」

女は洟《はな》を啜りながら、ぽつぽつと語った。

その女は、例の家に出入りしていた植木屋の女房だった。一月前頃から夫が帰ってこないのだという。もしや火事の騒ぎに巻き込まれて命を落としてしまったのではないかとも思ったが、一縷《いちる》の望みを捨てずに、何か手懸かりがあるかもしれないと、得意先だったところを回っているそうだ。

「でも……なかなか手懸かりがなくて。こうしてお訪ねするのも、先様にしてみればご迷惑なんでしょうね」

女房は指で目元を拭って、溜息をついた。

「あの家のご主人に、何か言われやしたか。冷たくされたんですか」

「いえ……別に、そのようなことは。ただ、ご主人様は、このように仰いました。行方《ゆきがた》知れずなら、得意先だったところを回ったりせずに、奉行所に届けたほうがよいのでは、と。奉行所に届けても、なかなか動いてくれないから、こうして回っておりますのに」

大火があってから、行方知れずとなった者は無数にいるので、奉行所も一人一人に対応することは到底無理なのだ。女主人の言うことは真っ当ではあるが、それがどうにもできない今、女房はいっそう辛くなってしまったのだろう。

女房の気持ちが分かり、磯六は黙ってしまう。下手な慰めの言葉など、かけられないような気がした。

女房は、このようなことも話した。

「夫は、植木屋の仕事をしていく上で苦手なことがあったので、それが苦痛だったのかもしれません。でも……すべてを捨てて逃げてしまうほどのことでもなかったんです。だから、やはり何かに巻き込まれてしまったと考えるのが妥当なのでしょう」

「その苦手なことってのは、いったいどんなことだったんで？」

磯六が訊ねても、植木屋の女房は言葉を濁して、その問いにははっきり答えなかった。

四半刻《しはんとき》（三十分）も経つとだいぶ楽になったようで、女房は磯六に改めて礼を言って帰っていった。

それから磯六は再び例の家へと近づいた。家を眺めながら、もやもやとしたものを感じ、その周りで軽く聞き込みをしてみた。家から少し離れたところの神社の近くに水茶屋があったので、そこの者たちに訊ねる。すると、例の人魂の如き無数の影や、呻き声の噂のほかに、このようなことを知り得た。

女主人は静枝《しずえ》という名で、時折、近くの茂みで木苺《きいちご》を摘んでいるという。よく水菓子（果物）も買っているそうだ。

水茶屋の者たちだけでなく、ほかにも数人に訊ねてみたが、これらのこと以外は、家の周りの者たちもよく知らないようだった。

磯六は、静枝が住んでいる家をもう一度よく眺めた。このような美しい家に不吉な噂がつき纏っているということが、なにやら不思議でもあった。

それから磯六は、寅之助の言いつけどおり、近頃怪しい者が現れてはいないか、柳島村をぐるりと訊ね歩いた。その結果、今のところ、特に変わったことはないようだった。

——続けて女を殺している下手人は、柳島村にはまだ目をつけていねえのかな。

日が暮れかかってきたので、磯六は柳島村を後にした。

磯六は山之宿へ戻ると、摑んだことをすべて、寅之助に話した。それは寅之助の口から、隼人と吾平も知るところとなった。

里緒は吾平から磯六の話を聞き、考えを巡らせるのだった。

爽やかな季節になり、里緒の部屋から見える夏椿が白い蕾《つぼみ》をつけ始めた。

裏庭では、女の皆で育てた蓮華草《れんげそう》が、花を咲かせていた。愛らしい薄桃色の花は、眺めているだけで心が和む。

午後の一息つく刻に、里緒たちは花の手入れをした。蓮華草は水を欲する草花なので、たっぷりと与える。小松菜は時季を過ぎたので、暑い季節に向けて胡瓜《きゅうり》を育て始めていた。

「芽が出て、すくすく伸びていく姿を見るのは、嬉しいですねえ」

手に土をつけながら、お竹がしみじみと言う。

「本当ね。お百姓さんから畑を貸してもらって、本格的に野菜を作りたくなってしまうわ」

里緒も襷がけで張り切っている。

「お花ももっと育てたいです」

「蓮華草、そろそろ終わりですものね。こんなに綺麗なのに」

お栄とお初は、名残《なごり》惜しそうに、蓮華草の花びらに触れる。里緒は優しく問いかけた。

「次は何を育てましょうか。今、種を蒔《ま》いて、暑い頃に咲く花なら……そうだ、鳳仙花《ほうせんか》はどうかしら」

お栄とお初は顔を明るくさせた。

「いいと思います。お庭が一段と華やぎます」

「鳳仙花は夏にぴったりの、明るい色合いですものね」

「じゃあ、そうしましょう。種を買ってこなくちゃね」

お竹が口を出した。

「私が買って参りますよ。そうだ、花が咲いたら皆で爪を染めて、吾平さんを驚かせてやりましょうか」

鳳仙花の花びらは、爪紅《つまべに》にも用いられる。里緒は笑った。

「吾平さん、吃驚《びっくり》するでしょうね。爪紅をしてお客様をお出迎えするのも、悪くはないけれど」

お栄とお初は顔を見合わせた。

「爪紅を塗ってみたいですが、私たちはすぐ取れてしまいますね。お客様の足を洗う時に」

「私も塗ってみたいけれど、似合わないと思うのでやめておきます」

お竹は頷いた。

「あんたたちはまだ早いかもしれないわね。女将さんや私みたいな一人前の女でないと、爪紅なんて似合わないのよ」

お栄とお初は再び顔を見合わせる。

「女将さんは確かにお似合いになると思いますが……」

お竹は二人を睨《ね》めた。

「私はどうだっていうんだい。その先を言ってごらん」

お栄とお初は肩を竦める。

「すみません。つい、出過ぎたことを言ってしまいました」

すると里緒が澄ました顔で口を挟んだ。

「お竹さんは一人前の女になり過ぎて、爪紅なんて子供騙しは、もはや似合わないそうよ」

「まあ、女将ったら。憎らしい」

お竹は目を剝く。裏庭に笑い声が弾けた。軽口を交わしながらも女たちは仲よく、せっせと庭仕事に励んだ。

すると突然、お初が、きゃっと悲鳴を上げた。蓮華草の甘い香りと蜜につられて、大きな黒い蝶が飛んできたのだ。怯えて逃げようとするお初の肩に、里緒はそっと手を置いた。

「黒アゲハよ。蛾《が》ではないから、怖がることはないわ」

「黒い蝶は確かにちょっと怖いですね」

顔を顰めて、お竹も蝶を避ける。お栄も苦手なようだった。

「どうしても蛾に見えてしまうんですよね」

「やはり蝶々は、白、黄色、水色、薄紫色など淡い色がよいです」

お初が言うそばから、今度は水色の蝶が飛んできた。

「あらよかったじゃない、お初」

お竹が声を上げる。蓮華草の上で、黒い蝶と水色の蝶が、ふわふわと飛び回る。

里緒はふと、考えを巡らせた。


その日、仕事を終えると、里緒は察したことを、吾平に告げた。

「もしかしたら、柳島村の家で見られたという、障子一面に映っていた無数のふわふわした人魂のような影というのは、蝶々の群れだったのではないかしら」

里緒の推測に吾平は目を瞬かせるも、熱心に話を聞いた。里緒の推測は大胆だった。

「もしや女主人は、行方知れずとされている植木屋のご主人を、家の中に閉じ込めているのではないかしら」

「聞こえてくる呻き声というのは、その植木屋のものだってことですか」

「ええ。二人が男女の仲だったのか、あるいは女主人の岡惚れだったのかは分からないけれど、いずれにせよ、女主人は植木屋のご主人に強い思いを抱いていたと。でもご主人は、女主人のその思いを拒んだ。女房のほうが大事だ、などとはっきり言ってしまったのかもしれないわ」

「それでこじれてしまったんですかね」

「女主人は心を傷つけられ、その悲しみはやがて、植木屋のご主人を苦しめたいという思いに変わっていったのではないかしら。可愛さあまって憎さが倍増してしまったと。磯六さんの話によると、植木屋のおかみさんは仰っていたのでしょう、ご主人は仕事をするうえで苦手なことがあった、と。その苦手なことというのは、蝶々だったのではないかしら。一匹や二匹なら大丈夫でも、無数の蝶々に恐れを抱く人は結構いると思うの」

「なるほど。植木屋はあの家の一部屋に、無数の蝶と一緒に閉じ込められているという訳ですか。呻き声はつまりは悲鳴ってことだ。蝶への恐怖で狂わんばかりなのでしょうかね。……それが本当だとしたら、凄い復讐《ふくしゅう》ですよ。怖い女だ」

吾平は顔を顰めた。

夜、行灯がぼんやりと灯る部屋で無数の蝶が羽ばたいていれば、灯りの具合で、その影は浮遊する人魂のようにも映るだろうと里緒は考えたのだ。

「女主人は木苺を摘んだり、水菓子をよく買っているそうだから、蝶たちの餌にしているのかもしれないわ。蝶は、腐りかけの水菓子を特に好むみたいよ。その家の庭には花がなくなってしまったそうだけれど、もしかしたら鉢植えに替えて部屋に置いているのかも。そうやって蝶を家の中で飼っているのよ」

「なるほど。……突飛《とっぴ》な考えのような気もしますが、案外、当たっているかもしれませんね」

吾平は腕を組み、眉根を寄せた。

翌日、吾平は盛田屋に赴き、寅之助に相談した。里緒の推測は些《いささ》か突飛ながらも一理あると思ったからだ。吾平は真摯《しんし》な面持ちで、寅之助に言った。

「もし女将の勘働きが当たっていたら、人一人の命に関わることになるかもしれない」

「承知した。こっちに任せてくれ」

寅之助は苦み走った顔つきになった。


寅之助はその件を隼人に話して十手を預かり、子分の磯六と民次《たみじ》を連れて、柳島村へと向かった。日が暮れた頃、裏手に回って竹垣を乗り越え、怪しげな部屋へと忍び寄る。障子には、噂どおりに人魂の如き影が、いくつも揺れ動いている。だが、見方を変えて蝶の影と考えれば、そう見えないこともない。目を凝らして見ていると、その影の一つが、障子に張りついた。それは確かに、羽を広げた蝶の形であった。

寅之助たちは息を潜めて、耳を欹《そばだ》てる。見張り続け、呻き声が聞き取れたところで、障子を蹴倒して踏み込んだ。

里緒が察したとおり、植木屋と思《おぼ》しき男が無数の蝶と一緒に部屋に閉じ込められていた。その様を見て、寅之助たちは息を呑んだ。

男は縄で柱に縛りつけられていた。異様に頬がこけ、目は虚《うつ》ろで、薄笑みを浮かべた口元から呻き声を漏らしている。恐怖で半ばおかしくなってしまったようだ。

女主人の静枝は、寅之助たちのことなど意に介さないかのように、男の傍らで妖しく微笑んでいる。しなやかな指で、花の蜜を男の唇に塗っていた。静枝は透きとおるような肌の、聞きしに勝る美しい女だった。

長らく締め切っていた障子が開け放たれ、夜の闇へと、色とりどりの無数の蝶が一斉に羽ばたいていった。

民次が自身番へと走り、番人を引っ張ってきた。静枝は連れていかれ、植木屋は助け出された。

静枝は、植木屋を狂おしいほどに好いていたがゆえに、苦しめずにはいられなかったのだ。男が異様に怖がる蝶を使った、美しくも恐ろしい復讐だった。静枝は自身番から奉行所へと移され、正直に語った。

「あの人が蝶を恐れて顔を歪ませるのを見ることが、悦びでした。あの人が苦しめば苦しむほど、いっそう愛しさが募りました。あの人を恐怖の中に閉じ込めて、蝶々と一緒に永久《とわ》に飼っていたかったのです」

歪んだ情愛がもたらした、悲しい結末だった。

美しい後家はお咎めを受け、髪を剃り、尼寺へ預けられることとなった。植木屋は家に戻ると、幾分落ち着いたらしい。これから女房に支えられ、医者にかかって治していくようだ。

その顚末《てんまつ》を吾平から聞き、里緒は溜息をついた。

「その人を思うがあまりに、情愛が素直にではなく、歪んで表れてしまうことってあるのね」

「そうすると、周りに迷惑をかけてしまうんですね。今回みたいに」

お竹も神妙な顔だ。吾平は首を竦める。

「女主人は、悪いことをしているとは思ってなかったようだな。それゆえ、あっさり捕まっちまったんだ」

里緒はお茶を啜り、帳場の障子窓に目をやった。

「蝶は、何匹ぐらいいたのかしら」

「さあ、どれぐらいでしょうね。かなり飼われていたみたいです。一斉に夜空に羽ばたいていったのを見て、親分たちも驚いたようですから」

「今頃、蝶はどの辺りを飛んでいるのかしらね。なんともやるせない事件だったけれど、蝶が放たれたのは本当によかったわ」

幽霊姉妹の一件で、隼人がその後、子猿を緑の中へ放してあげたことを、里緒は思い出した。虹の彩りにも似た蝶々の群れが、輪を描きながら空を舞う様が、目に浮かぶようだった。

三

柳島村の家の一件は、瓦版がその顚末を書き、落着したように思えたが、隼人はうかうかとはしていられなかった。

――今までの例に倣《なら》えば、若い女殺しの下手人はきっと、噂があった柳島村の近くで何かを起こすに違いねえ。獲物を見つけて、殴る蹴るをして殺し、死体を棄てるだろう。

そのように察し、隼人は寅之助に頼んで、若い衆たちに女たちに関わりのある者の見張りを徹底してもらった。半太と亀吉は執拗《しつよう》に代之助を見張り続け、殺された三人の女たちのことも調べていたが、接点などはまだ探り当てられずにいた。

女たちが関わっていた男たちはだいたい摑んだのだが、その中で最も怪しげな者は、やはり代之助だった。ほかの男たちはちゃんとした仕事をしているので、あちこちを動き回って殺して死体を棄てることなどは、できそうにもなかったのだ。その点、破落戸《ごろつき》の代之助はそのようなことができるが、いかんせん動きをなかなか見せないので、隼人は焦《じ》れてきていた。

――あいつが動けば、すぐにでもとっ捕まえてやるんだが。

隼人は些か苛立っていた。


雪月花が落ち着く五つ頃、隼人がふらりと訪れた。

「山川様、いらっしゃいませ。お仕事、お疲れさまです」

楚々《そそ》とした里緒に笑顔で迎えられ、隼人も笑みを浮かべた。

「すまんな、いつも立ち寄ってしまって」

ばら緒の雪駄を脱いで上がり框を踏むと、吾平とお竹も帳場から出てきて、隼人に挨拶をした。

「旦那、ゆっくりしてってくださいよ」

「女将もそれをお望みなんですから」

里緒は二人を軽く睨んだ。

「もう、あなたたち、いつも一言よけいなのよ」

「怒られちまいましたか」

吾平は頭を掻き、お竹は舌をちらっと出す。苦笑いを浮かべる隼人を、里緒は自分の部屋へと連れていった。

里緒は隼人を部屋で待たせて板場へと行き、夕餉であまったおこわで、ささっとおにぎりを作った。今夜の火の番は里緒とお竹なので、おこわは二人の夜食にしようと思っていたのだが、変更して隼人に出すことにした。

——自分たちの夜食には、お煎餅《せんべい》でも摘まめばいいわ。

薇《ぜんまい》と刻んだ油揚げがたっぷり入ったおこわは、お客にも評判がよい。それに独活の甘辛漬けを添えて、膳に載せて運んだ。

「お待たせいたしました。よろしければお召し上がりください」

「いつも本当にすまねえなあ。おこわは大の好物なんだ。ありがたくいただくぜ」

隼人はおにぎりを手で摑み、がぶりと食べて、眦《まなじり》を下げた。

「なんとも安らぐ味だ」

呟きつつ、あっという間に一つを平らげる。里緒はお茶を注いだ。

隼人は味わいながら、金色の髑髏について調べたことを、里緒に話した。

「金色の髑髏を本尊とする宗派ってのは、かつて本当にあったんだ。いわゆる邪教だったために弾圧されたのだろう、表向きには消滅しちまっている。だが、実は密かに、連綿と生き延びていたってこともあり得る。もし未だに生き残っているとして、その邪教の者たちが、金箔の女殺し事件にも関わっているか否かが問題だ」

「金色の偽髑髏を埋めたのは、その邪教の者たちかもしれないということですね」

「うむ。もしくは、信長の信奉者で、信長の髑髏杯を意識した者が埋めたのか。そのどちらかではねえかと思っている」

「その二者ならば、どちらがあり得るでしょう」

里緒は首を傾げ、顎に指を当てる。おにぎりを食べ終えてお茶を啜り、隼人は息をついた。

「正直、困っちまってるんだ。皆で必死に探索してるが、なかなか、これといった者が浮かび上がってこねえ。張りついている代之助も動きを見せねえ。すると、やはり、殺された女たちとは特に接点のない、行きずりの者の犯行なのだろうか。……俺が考えたのは、その邪教の儀式か何かで、生贄の女を必要としていて、それに充《あ》てていたってことだ」

「そのために獲物を探していたと」

「もしくは信長を信奉する奴が、単に女をいたぶりたくて、連れてきては死ぬまで殴る蹴るしたうえで、棄てているかだ。信長に憧れる奴の中には、残虐なのもいるだろうよ」

里緒は眉根を寄せた。

「そのような性分の者ならば、自分の獲物となった女人たちに、何か目立つ印をつけることぐらいはするかもしれませんね。金箔は、その印だったのでしょうか」

「印ってのは、あり得る。俺がやったんだ、どうだ捕まえてみやがれ、などという挑みのようなものを感じるぜ」

「そういう下手人は、普通の人にはとても思いもつかないことを考えそうですものね」

隼人は腕を組み、小さく唸った。

「しかし下手人は、見張りの目を掻い潜って、よくいろいろ動けるもんだと思う。一番目の殺しが起きた時だって、大火の直後で、夜も奉行所の者たち総出で、あちこち見廻りをしていたのだがな。まあ、ごたごたしていて、俺たちの目も至るところにまでは届いていなかっただろうが」

「一番目の死体が見つかったのは、桜の木の下から偽髑髏が掘り起こされた後でしたよね」

「ああ、そうだ。あれがすべての発端だ」

「あの偽髑髏を掘り起こしたのは、うちにお泊まりになった力士さんたちでした」

里緒は顎を指でなぞりながら、力士たちが話していたことを思い出す。そして、あっと声を上げた。隼人が見つめる。

「どうした」

「駕籠舁き、ならば」

「うん？」

里緒は隼人を見つめ返した。

「駕籠舁きがいたそうです。偽髑髏を掘り起こした時、その近くに。力士さんたちが仰っていました。その駕籠舁き二人は、駕籠を置いて、力士さんたちのほうをじっと眺めていたそうです。力士さんがその駕籠を拾おうとして声をかけたら、逃げるように去ってしまったとのことでした。……何か、おかしいですよね」

隼人は顎をさすった。

「そうか……駕籠昇きか。ああ、そこにどうして気づかなかったんだ。奴らなら仕事をしながらどこにでも動けて、死体も駕籠の中に隠して運べるぜ。それも怪しまれずにな」

「自由に動き回れるのならば、駕籠屋に勤めているのではなく、自分たちで稼いでいる駕籠昇きでしょうか」

「そのようだな。よし、駕籠昇きに狙いをつけて、探ってみるぜ。しかし里緒さんには本当に頭が上がらねえ。旨いものまで、いつもご馳走になっちまって」

隼人は面目なさそうに、項垂れる。里緒は首を大きく横に振った。

「私の勘働きが正しいかどうか、まだはっきりしておりません。でも、探索のお役に立てれば嬉しいです」

「必ず見つけ出すぜ。駕籠昇きならば、しっくりくる。そいつらが真の下手人なのか、はたまた黒幕に使われているのかは分からねえが、死体を運んだのはおそらくそいつらだろう。そいつらを見つけ出して、締め上げて吐かせてやる」

「隼人様、応援しております」

里緒は、兎のような黒く大きな目を瞬かせる。隼人は力強く頷いた。

隼人は早速、力士たちがいる両国の勝笠部屋へと赴いた。親方に頼んで、彼らに話を聞かせてもらった。

「稽古中にかたじけねえ。お前さんたちが隅田堤で見かけたという駕籠舁きだが、どのような者たちだったか覚えているかい」

隼人が丁寧に頭を下げると、木曾川と皆子山は汗を拭きつつ、思い出そうとした。

「二人ともごく普通の感じでした。背丈も普通で、ひょろっとしてましたね。まあ俺たちから見れば、なのかもしれねえですが。でも、肥えてはいませんでした」

「なんとなく辛気《しんき》臭い雰囲気でした。目つきが暗いといいますか。二人とも似た感じだったので、もしや兄弟かもしれません。あ、でも、単に同じような恰好だったから似てるように見えたんでしょうか」

「確か二人とも、格子柄の小袖を尻端折《しりはしょ》りしてました。何色だったか……紺か青だったと思います」

「ありがてえ。参考にさせてもらうぜ」

隼人は力士たちに厚く礼を言い、相撲部屋を後にした。

隼人は、柳島村を見張っている寅之助の子分たちに頼んだ。不審な駕籠舁きがいたら呼び止めて、駕籠の中を覗かせてもらうように、と。

半太と亀吉は、殺された三人の女たちを探っており、駕籠舁きと関わっていなかったかを突き止めていった。そして、一番初めに殺されたお順が、江戸へ出てきてすぐに働いていた居酒屋をようやく摑んだ。

吉原の裏手の百姓地を真っすぐに行くと、寺が集まっているところがある。その近くの、金杉上町《かなすぎかみちよう》にある居酒屋だった。そこで聞き込んだところ、その頃にお順が親しくしていたお客に駕籠舁きがいたと分かった。兄弟でやっている駕籠舁きで、兄がお順に夢中だったそうだ。そこの居酒屋の主人は、半太と亀吉に語った。

「兄さんのほうが、お順に惚れ込んでいたんだよ。お順は、まあ言葉は悪いが、男を利用していたって感じだったな。ここへ足繁く通わせて、金を落とさせていたんだ。ずいぶん貢《みつ》がせてもいたみたいだよ。簪や着物なんかをね。そのうち、お順が愚痴をこぼし始めたんだ。あの男、ちょっと優しくしてあげたらしつこい、なんてね。だから、注意したんだよ。あんまり男の心を弄《もてあそ》ぶのはよくねえよってね」

　半太と亀吉は顔を見合わせる。

「その男の名前は覚えてませんか」

主人は腕を組み、目を瞬かせた。

「うーん。なんて言ったかなあ。確か『介《すけ》』がついたような気がしたが。なんとか介って名だったたな」

　主人が思い出すのを、半太と亀吉は息を呑んで待ったが、待ちきれなくなり、亀吉が先を急いだ。

「なんとか介って名ですね。それでその男は、どんな感じでしたか。特徴などを教えてほしいんですが」

　主人は眉を少し掻き、答えた。

「ごく普通の感じの男だよ。背丈も普通、躰つきは細いが、駕籠舁きだけあって引き締まってたね。仕事は真面目にやってたみたいだよ。お順はよく、冴えない男、なんて言って陰で嘲《あざけ》っていたけれども。取り立てて特徴があるって訳ではなかったが……そういや、鼻が大きかったな。胡坐をかいているような鼻だった」

「なるほど。分かりやした。しかしお順も、相当な性悪だったようで」

主人は苦い笑みを浮かべた。

「まあ、性悪なところはあっただろうね。美人は美人だったけれど、呆気なく散ってしまったら、それで終わりだからな。男たちの恨みを買っていたんだろうね。あいつが貢がせていたのは、その駕籠昇きだけではなかったんだ。陰では男の悪口を言っていても、男の前では猫被って、あなただけよ、なんて囁《ささや》けば、男は騙せちまうもんだな。いろいろな男の心を弄んで、さんざん貢がせておいて、突然店をやめちまったんだ。俺すら、やめることを聞かされていなかった。誰にも行き先を告げずに、雲隠れしちまったよ」

それゆえ、お順の前の勤め先であったこの店を探すのも、一苦労だったのだ。

半太と亀吉は溜息をついた。

「お順が突然消えてしまって、駕籠昇きは落ち込んだでしょうね」

「相当だったよ。お順がやめる少し前ぐらいから、冷たくされていたようだがね。その頃から、男の顔に険が出ていたよ。そんな兄さんを、弟は諭していたみたいだった。あんな女、やめとけよ、とね。……そうだ、思い出した。その駕籠舁き、庄介《しょうすけ》って名だったよ。弟にも確か『庄』がついていたな。確か二人のお父っつあんが庄内《しょうない》の出で、それにちなんだ名前をおっ母さんがつけてくれたとかなんとか言ってたよ。まあ、お順がここをやめたら、駕籠舁きもすぐに来なくなっちまったけれどね」

「駕籠舁き兄弟は、どこに住んでいたか分かりますか」

「確か、この近くの坂本裏町《さかもとうらまち》だったな。つけの払いが遅れた時、取りにいったことがあったんだ。小さな稲荷が傍にあったな」

半太と亀吉は居酒屋の主人に何度も礼を言い、駆け足で坂本裏町へと向かった。主人から聞いたことをもとに探し回り、駕籠舁きの庄介が住んでいた長屋を突き止めたが、既にそこを出てしまっていた。

長屋のおかみさんに駕籠舁き兄弟のことを訊ねてみると、きさくに教えてくれた。

「お兄さんのほうは庄介、弟のほうは庄次《しょうじ》って名だったよ。二人とも生まれた時からここに住んでいたけれど、二年前頃、引っ越しちゃったんだ」

「どこへ越したかは分かりませんか」

「ごめんね、そこまでは知らないや。挨拶もしないで、急に出ていってしまったからね」

半太と亀吉は顔を見合わせる。

「何かあったんでしょうか」

「二人のおっ母さんが、先に出ていっちまったんだ。三年ぐらい前かな。子供たちを棄ててね。その頃、兄さんは十六で、弟は十五だったかな。まあ、思うことがあったんだろうね。それから一年後に、兄弟も出ていったんだ」

「子供を棄てたって、どういうことでしょう」

おかみさんは苦い笑みを浮かべた。

「まあ、男に走ったってことだよ。子供より男を選んだのさ。その頃、子供たちは駕籠屋で働き始めていたから、自分がいなくてもやっていけると思ったんだろう。お父っつあんは、あの子たちが小さい頃に亡くなっていてね。おっ母さんは女手一つで育てたんだけれど、まあ、いろいろあったみたいだね」

半太と亀吉は微かに眉根を寄せた。

「いろいろって言いやすと?」

おかみさんは首筋を掻いた。

「なんて言うんだろうねえ。人ん家のことだから私も詳しくは知らないけどさ、子供には相当厳しかったみたいだよ。まあ、女一人で育てていて苛々《いらいら》することもあったんだろう。……あの兄弟、小さい頃からよく痣《あざ》を作っていたよ」

半太と亀吉は目を瞬かせた。

「母親に叩かれていたってことですかい」

「兄弟なら、反撃できると思うのですが」

「いや、あの二人はできなかったよ。なんだかんだと、おっ母さんを慕っていたからね。自分たちを叩くような親でも、好きだったんだ。だからこそ、おっ母さんが自分たちを置いて、行き先も告げずに出ていっちまった時は、落ち込んだだろうよ」

半太と亀吉の頭の中で、お順と、駕籠舁き兄弟の母親が、重なり合う。

庄介はおそらく、母親に去られて沈んでいた頃に、お順に出会ったのだろう。寂しい時にお順に優しくされ、舞い上がってしまったに違いない。だが庄介は、お順にも痛い目に遭わされ、深く失望した。庄介たちがこの長屋を去ったのは、続けて起きた嫌な出来事を、断ち切りたいという思いがあったのだろう。

半太が訊ねた。

「二人のおっ母さんは、どんな仕事をしていたんでしょうか」

「料理屋で仲居をしていたよ。初めは池之端で、そのうち日本橋に変わったんじゃないかな。どちらも金持ちのお客が集まるようだったから、そこで旦那を見つけたんだろうね」

おかみさんは、料理屋の名前までは知らないようだった。母親の名は、お留《とめ》というそうだ。

「その旦那って、どのような人か分かりますか」

「いや、そこまでは分からないねえ。でも、兄弟が留守の時に、旦那らしき人が何度かここを訪れたことがあったんだ。だから顔を見れば分かるけれど、どこの誰かは知らないねえ。貫禄があって、どこぞの大旦那って雰囲気だったよ」

おかみさんはこうも言った。

「おっ母さんに去られて、兄弟の絆《きずな》は強まったみたいだったよ。それから間もなく、駕籠屋をやめて、二人で駕籠舁きを始めたんだ。二人がここを出ていった時に思ったもんだよ。真面目に働いてお金が貯まったから、もっといい長屋に越したのかなってね」

半太と亀吉はおかみさんにも繰り返し礼を述べ、長屋を後にした。

その夜、半太と亀吉は、隼人の役宅へ赴き、摑んだことを話した。隼人は聞き終えると、顎をさすって息をついた。

「そういうことか。しかし、殺された女も女だな。母親ってのも、なんだか許せねえ」

「女たちに裏切られて、鬱屈してしまった男が起こした犯行だったってことでしょうか。やるせない話です」

半太と亀吉も浮かぬ顔だ。

「親に殴られて育った者の中には、狂暴になるのもいるからなあ」

「受け継いじまうんでしょうかね」

「それもあるかもしれねえが、自分がされて辛かったことを他人にやってやることで、自分の痛みを紛らわすんじゃねえかな。親に殴られて痛い思いをしたから、他人を殴ってその痛みを味わわせてやる、とな」

「親を殴り返せばいいじゃねえですか。どうして他人様に向かうんで？」

「親を殴り返せねえから、他人様を攻撃して溜飲《りゅういん》を下げるんだよ。その長屋のおかみさんだって言ったんだろ。庄介はおっ母さんのことを慕ってたんだよ。いくら愚かな母親でもな。おっ母さんにされたことを、未だに引きずっているようなら、おっ母さんにまだ支配されているってことだ。つまりは、乳離れできてねえってことなんだよ」

「なるほど……。そういう男、いやすよね。いい歳して乳離れできねえのって」

「自分のおっ母さんを慕う気持ちに、歳って関係ないのかもしれやせんね」

「……そうだな」

隼人の胸に、母親の志保が浮かんだところで、襖越しにお熊の声が響いた。

「お茶をお持ちしました」

「おう、入ってくれ」

「失礼します」

お熊は丁寧に礼をし、半太と亀吉へ茶と菓子を出した。百入茶色《ももしおちゃ》の小皿の上で揺れる菓子を眺め、二人は目を丸くした。

「これは、もしや」

お熊はにっこりした。

「はい。船橋屋《ふなばし》さんのくず餅《もち》でございます。隣のご新造《しんぞう》様に藤見のお土産でいただきましてね。お二人も、どうぞ」

船橋屋は昨年の文化二年（一八〇五）に亀戸天神近くに店を出し、くず餅は既に名物になっていた。

半太と亀吉は、黄粉と蜜がたっぷりと塗《まぶ》されたくず餅を頰張り、相好を崩す。男三人、甘いものに舌鼓を打ちながら、話を進めた。

「駕籠舁き兄弟の母親とお順には、確かに似通っているところがある。自分たちを置き去りにした母の面影が、お順に重なり、母親から受けた暴力が蘇って、その痛みを晴らすかのようにお順を……ってことはあり得るだろう」

「庄介は、お順と、偶然どこかで再会したんでしょうか。それで苦い思い出が蘇り、かっとなって、ついやっちまったと」

「もしや、駕籠を拾ったのが、たまたまお順だったのかもしれませんね。それとも、庄介はお順の行方を密かに追っていたんでしょうか。ようやく見つけ出して、復讐したとか」

「お順だけを痛めつけるつもりだったのだが、暴力を振るった時に悦びを得ちまったのかもな。その悦びが忘れられずに、第二、第三の獲物を見つけていったと」

「二番目のお袖と、三番目のお北は、知り合いなどではなく、目をつけた者だったってことですね」

「そうだろうな。息の根が止まるまで痛めつけて、死体は駕籠に隠して運んで棄てたって訳だ」

「金箔を貼ったりして、死体に小細工をしたところなど、かなり歪んでやすよね。奉行所に挑んでいるようにも見受けられやした。それほど鬱屈しているんでしょうか」

隼人は顎をさすった。

「庄介はきっと、女に痛い目に遭わされたのは、そのお順が初めてではなかったんだろうよ。女たちに、ずっとそういう思いをさせられてきたんじゃねえのかな。そしていつしか、世の女たちを恨むようになっちまったのかもしれねえ」

「恨みですかい。女たちを殴ったり蹴ったりしたけれど、凌辱しなかったのは、女たちへのひたすらの嫌悪ゆえだったんでしょうか」

「そう考えると、しっくりきます」

「そうなるほどに辛い目に遭わされたのなら気の毒だが、どんな訳があるにせよ、三人を殺したことは許されねえぜ。駕籠舁き兄弟、必ず捕まえてやる」

「承知！」

男三人、夜半に唇に黄粉をつけながら、意気込むのだった。

隼人は半太と亀吉に、庄介と庄次の居場所を探すよう命じた。死体を棄てた場所や動いている範囲などから、浅草、本所、深川、両国、上野《うえの》の近辺ではないかと見当をつける。

寅之助の子分たちには、交替で柳島村を見張ってもらっている。隼人は江戸の町を走る駕籠に、絶えず注意を払っていた。

必死の探索の甲斐があって、ほどなく、駕籠舁き兄弟を探し出すことができた。兄弟は、浅草は諏訪町《すわちょう》の長屋に住んでいた。

隼人は半太と亀吉とともに向かい、有無を言わせず引っ張ったが、兄弟は抗《あらが》うこともなく従った。まるで、捕まるのを覚悟していたかのようだった。

四人目の殺しが起きる前に捕らえることができて、隼人はひとまず安堵した。

隼人は二人を、近くの自身番へと連れていった。まずはここで一通りの取り調べをして、奉行所送りにするかどうかを決める。

庄介と庄次は、隼人の前で項垂れていた。隼人は眼光鋭く、二人を見据えた。

「新鳥越町の居酒屋に勤めていたお順に暴行を加え、死体を遺棄したのは、お前たちだな」

隼人の響くような低い声に、二人はびくっと身を震わせる。庄介の額には玉の汗が滲《にじ》んでいた。二人を睨《ね》めながら、隼人は思った。

——確かにどちらも見栄えがよいとは言えねえが、女に虚仮《こけ》にされるほどではねえな。

兄弟は力仕事をしているだけあって、細身ながらも、腕や脚は逞《たくま》しく隆々《りゅうりゅう》としている。それで思い切り殴られたり蹴られたりすれば、か弱い女ならば臓腑《ぞうふ》が破裂してしまうだろうと察せられた。

二人は俯いて唇を嚙んでいたが、庄介が声を絞り出した。

「お順を暴行したのは、私です。弟は見ていただけです。弟は何も悪くありません」

「兄さん」

庄次は食い入るように兄を見つめる。隼人が訊ねた。

「でも死体を棄てるのは、弟も手伝ったんだろう」

庄介は顔を上げ、隼人を真っすぐに見た。目を潤ませ、微かに吃《ども》りながら、庄介は訴えた。

「信じていただきたいのです。私はお順を酷く殴ったり蹴ったりして痛めつけましたが、殺すまではしませんでした。我を忘れてお順を殴っていた私を、弟が止めてくれたからです。私が正気に戻った時には、お順はぼろぼろになっていましたが息はありました。……それでも自分のしてしまったことが恐ろしくなり、お順を駕籠に乗せて運び、人気のないところに置いて帰ったのです」

「どの辺りに置いていった」

「木母寺の近くの畑です」

「お順の死体が見つかったところじゃねえか。お前の暴力が原因で死んだってことだろう」

庄介は目を見開き、唇を震わせた。

「あそこで女の死体が見つかったと聞いた時、私もそう思ったのです。私が暴行したから、死んでしまったのだと。それならば捕まっても仕方がないと、その時、肚を括りました。弟と話し合って、奉行所へ行って白状しようとも思ったのですが……どうしても腑《ふ》に落ちないことがあったのです。いくら考えても、分からないことが」

「なんだ」

庄介は唾を呑み込んだ。

「死体の顔には金箔が貼られていたといいますが、私は誓ってそのようなことはしていないのです。金箔など持っておりません。だから、その話を聞いて、不思議で不思議で仕方がありませんでした。私たちではない誰かが、私たちがお順を置き去りにした後に、貼りつけたに違いないのです」

思ってもみなかった話に、隼人は目を見開く。半太と亀吉も首を捻った。隼人は大きく咳払いをした。

「今の話は本当か？　いいか、嘘をつくと、ためにならねえぜ。嘘は絶対に分かるからな。もう一度訊く。本当なのか。金箔を貼ったのは、お前たちではないのか」

庄介は強く頷いた。

「誓って本当です。……こうなりましたら、信じていただくためにも、すべてをお話しいたします。どのようなことでもお訊きになってください」

「とすると、二人目と三人目の女も、ぼろぼろになるまで殴ったり蹴ったりしたが、殺すまではしなかったってことか。二人目と三人目も、お前たちがどこかへ置き去りにした後で、何者かが金箔を貼りつけたってことか？」

庄介と庄次は顔を見合わせ、溜息をついた。

「どうか信じていただきたいのですが、私たちが関わったのは、一番初めのお順だけなのです。二人目と三人目には、何も関わっておりません。殴ったり蹴ったりもしておりません」

隼人たちも顔を見合わせる。亀吉が思わず声を上げた。

「じゃ、じゃあ、二人目と三人目は、お前たちとはまったく別の誰かが暴行を加えて、死体を棄てたってことか？」

庄介と庄次は、大きく頷く。

「さようでございます。信じられないことかもしれませんが、本当なのです」

「兄さんも私も、不思議に思っていました。いったい誰が、あのようなことをしているのだろうと。そして怯えていました。どうやら世間は続けざまの殺しの事件と思っているようだから、もしお順の探索から私たちのことが割れて捕まってしまったら、すべての罪を被ることになってしまうかもしれない。そうすれば、死罪は免れないと」

弟の庄次も涙ぐんでいる。隼人は少しの間、言葉もなく兄弟を眺めていたが、おもむろに訊ねた。

「お前たちに心当たりはねえのか。金箔を貼って、死体を棄てている者に」

兄弟は顔を見合わせ、首を傾げる。二人は声を揃えた。

「まったくございません」

隼人は腕を組み、兄弟を見据えた。

——こいつらは、人に恨まれるような者ではないな。何者かが、この兄弟に罪をなすりつけようとしているのだろうか。

隼人は質問を続けた。

「調べさせてもらったぜ。お順には、以前、痛い目に遭わされたそうだな。それで殴っちまったんだろうが、あの日、お順とは偶然再会したのか」

「はい。お順が、私たちの駕籠を呼び止めたんです。私たちはすぐに気づきましたが……お順は私のことなど覚えていないようでした。さんざん貢がせておいて、ですよ。まあ、お順が酔っ払っていたのもあるでしょうが」

自嘲の笑みを浮かべる庄介は、やけに悲しげに見えた。

「久しぶりにお順の顔を見て、かつての恨みが爆発したというのか」

「……そう思われても仕方がないでしょう」

そこへ弟が口を出した。

「あの女、態度が酷かったんです。自分が駕籠に乗る立場だからって、駕籠を担ぐ俺たちを莫迦にしたような態度を取りやがって。あの性悪なところ、ちっとも変わってませんでした」

「そうか。そりゃ腹は立つだろう。それでついに堪忍袋《かんにんぶくろ》の緒が切れて、どこか人気のないところで駕籠を止めて、お順を引きずり出して、思い切り殴ったり蹴ったりしちまったのか」

庄介は身を乗り出した。

「誓って、やったのは俺だけです。弟はただ見ていただけです。俺を止めながら」

「分かった。何度も言わなくてよい」

庄介は項垂れた。

「申し訳ありません。……あの頃、私はどうかしていたんです。嫌なことをいろいろ思い出してしまって」

「よく思い出すのか」

庄介はこめかみを手で押さえながら答えた。

「いえ。そんなことはありません。引っ越して、だいぶ、嫌な思い出も薄れていたんです。でも……あるものを見てしまって。それでまた、嫌なことを思い出すようになってしまいました」

「何を見たんだ」

「金色の偽髑髏です。隅田堤の、桜の木の下から掘り起こされた」

隼人は目を瞠った。

「偽髑髏は、お前のどのような思い出を呼び起こしたんだ」

庄介は唇を嚙み、俯いた。

「おっ母さんの思い出です」

「偽髑髏とお前の母親は、何か接点があるというのか」

「おっ母さんも偽髑髏を持っていたんです。金色に塗られた、作り物の髑髏杯です。おっ母さんはいつもそれに酒を注いで、いい気分で飲んでいました」

今度は隼人が身を乗り出した。

「お前の母親は、いったいその杯をどこで手に入れたんだ？　どこかで売っているのだろうか」

「人からもらったと言っていました」

「誰からもらったんだ」

「……おっ母さんが付き合っていた男です。その男が、おっ母さんに贈ったのだと」

「その男はいったい誰だ」

「私もよく分からないのです。会ったことはありませんでした。おっ母さんは詳しくは話しませんでしたが……薬種問屋の主人とは言っていました」

「店の名前は分かるか」

庄介は弱々しく首を横に振った。

「存じません」

庄次が再び口を挟んだ。

「おっ母さんが何も言わずに家を出ていってしまった時、兄さんと一緒に奉行所へ相談しにいったんです。薬種問屋の主人のところへ行ったに違いないから、そいつを探し出してほしい、と。でも、まったく相手にされずに、追い返されてしまいました。目安箱にも訴えを入れたのですが、何もしてくれませんでした。奉行所は冷たいところです」

隼人は目を伏せた。

「まあ、仕方ねえな。俺たちも少ない人数で仕事をしていて、毎日、手が一杯なんだ。そのような男女のいざこざぐらいでは、動くことはできねえよ。殺しにまで進んだのならば、話は別だがな」

庄介は頷いた。

「分かっております。でも、その時はどうしてもおっ母さんを探したかったのです。おっ母さんは苛立つと俺たちを殴ったり、酷い言葉をぶつけたりしましたが、優しいところもあったんです。女手一つで育ててくれたことに、感謝していました。それなのに……」

「兄さんと一緒に、方々の薬種問屋を訊ね歩いてみたのですが、どこも知らぬ存ぜぬで、手懸かりは摑めませんでした。そのうちに、おっ母さんは何かの事件に巻き込まれたのではないかと思うようになり、おっ母さんが勤めていた料理屋に話を聞きにいきました。すると、返ってきた答えは、おっ母さんは元気だろうからそのような心配はしなくてよい、と。それを聞いて、おっ母さんはやはり男のところへ行ったんだと確信したのです。相手はどこの誰か、食い下がって訊ねたのですが、教えてもらえず、追い返されてしまいました」

「きっとお得意様だったので、料理屋も気を遣ったのでしょう。そのようなことをしているうちに、私も弟も、諦めてしまいました。もしおっ母さんを見つけることができても、俺たちのもとへは、もう決して戻ってこないと分かったからです」

「諦めがつくと、却ってせいせいしました。それからは兄さんと二人で、仕事に精を出して生きてきたんです」

隼人は大きな息をつく。半太と亀吉も神妙な顔で、兄弟を眺めていた。

「お前たちの母親は、薬種問屋の大旦那らしき男から贈られた髑髏杯を持っていた。その髑髏杯に似たようなものが掘り起こされ、いろいろなことを思い出してしまった。鬱々《うつうつ》としていたところで、かつてお前を痛い目に遭わせたお順に巡り合った。お順は相変わらず冷たい態度で、憎しみが込み上げた。そして、思わずかっとなり、殴る蹴るの暴行を働いた、ってことだな」

「仰るとおりです。まことに申し訳ございませんでした」

庄介は平伏し、号泣した。庄次は兄の背中をさする。庄介が少し治まるのを待って、隼人は再び質問をした。

「ところでお前らは、どうしてあの場所にお順を置き去りにしたんだ」

しゃくりあげながら庄介が答えた。

「ちょうど、その近くの川べりで殴ったからです」

「じゃあ、故意に、偽髑髏が見つかった場所の近くに置き去りにしたって訳ではなかったんだな」

「はい。偶然です」

隼人は冷静に、二人を眺める。

――この兄弟は嘘をついているようには思えねえ。髑髏の杯か。その薬種問屋の主人は、信長に影響されたのだろうか。その者を突き止めれば、偽髑髏の謎も解けるに違いねえ。

隼人は取り調べを続けることにし、兄弟を自身番から大番屋へと送り、そこの牢に留め置いた。大番屋に送ったのは、真の下手人がいると踏んだからだ。

隼人は兄弟から、母親が働いていた料理屋の名を聞き出し、そこへ半太と亀吉とともに向かった。日本橋は村松町《むらまつちょう》にある〈松林《しょうりん》〉という名高い料理屋だ。大火は近くの富沢町《とみざわちょう》にまで及んだが、この辺りは無事であった。大口が堅い女将も、同心の隼人の問いには正直に答えた。

「お留さんが親しくなさっていたのは、本町《ほんちょう》にある薬種問屋〈大津《おおつ》屋〉の大旦那様でした。大津屋源兵衛《げんべえ》様です」

日本橋の本町には薬種問屋が多くある。

「大津屋は、今もここへ来ているか」

「いえ、お留さんを囲ってからは二、三度いらしたきりで、そのうちさっぱりお見えにならなくなってしまいました。お留さん目当てでいらっしゃったようです」

女将は溜息をついた。

隼人は女将に礼を言い、半太と亀吉を連れて、早速、大津屋へと向かった。村松町と本町はさほど離れていないので、すぐに着く。

だが、大津屋はどこにも見当たらなかった。本町も大火の被害に遭ったので、もしや焼けてしまったのかとも思われたが、聞き込みをしたところ、大津屋は既に店を仕舞っていたことが分かった。自身番の番人が教えてくれた。

「確か大津屋は、三年ぐらい前に急に店を仕舞って、どこかへ引っ越したんです。恐らく、別の場所で薬種問屋を続けているのではないでしょうか」

「どの辺りか分かるだろうか」

「いえ、そこまでは分かりかねます。本当に急だったので」

隼人たちは町の者たちにも聞き込んでみたが、大津屋がどこへ移ったのか、知る者はいなかった。

——三年前といえば、源兵衛がお留を妾《めかけ》にした頃じゃねえか。その時、商いの場所も替えちまったってのか。

この辺りには薬種問屋が並んでいるので、ほかの店を訪ねて、話を聞いてみた。火事で全焼した店はなかったが、建て直したところはあるようだった。ところが、ほかの薬種問屋の主人たちも、大津屋がどこへ行ったかが分からないという。隼人たちは首を傾げた。

「大津屋は株仲間《かぶなかま》に入っていたのではないのか？　その仲間の行方が、まったく分からないっていうのかい」

「はい。大津屋さんは、店を仕舞う時に、株仲間も抜けてしまったんですよ。まあ、株仲間に入っていなくても、問屋はできますからね。生薬《きぐすり》屋なども。だから、もしや江戸を離れて、どこか他所《よそ》で商いをされているかもしれませんね」

「そうか……」

隼人は顎をさする。そうなると、探し出すのがまた難しくなってくる。

「大津屋はどうして株仲間を抜けて、店を仕舞ってしまったんだろうな」

その薬種問屋の主人は、言いにくそうに答えた。

「大津屋さんは、仲間内でもあまり評判がよろしい訳ではなかったのです。まあ、揉めたといいますか、いざこざがございまして。そのようなことが積み重なって、嫌気が差してしまったのかもしれませんね」

「仲間と上手くいかず、離れたってことか。そして別の場所で、新たにやり直しているらしい、と」

「さようなことで」

主人は苦い笑みを浮かべた。

ほかの薬種問屋の主人たちに訊いても、同じような答えが返ってきた。どうやら大津屋は金に執着が強いらしく、そこが仲間の反感を買ったようだ。

また、大津屋は千住《せんじゅ》の手前の宮城《みやぎ》村に寮を持っていたという話だった。隼人たちは一応、宮城村に向かった。妾の立場のお留ならば、まだそこに囲われているかもしれないからだ。

しかし、大津屋はその寮も売ってしまっていて、別の者が所有していた。隼人たちはさすがに肩を落とした。日はすっかり暮れている。

「大津屋はいったい、どこへ行っちまったんだろう」

「やはり、もう江戸にはいないかもしれやせんね。江戸を離れる時に、偽髑髏を捨てていったのではありやせんかね」

「亀吉兄さん、嫌なこと言わないでくださいよ。そしたら、なかなか探し出せなくなってしまうじゃありませんか」

半太は泣きそうになる。隼人は腕を組み、丸い月が浮かぶ夜空を見上げた。

「一縷の望みは捨てずにおこうぜ。明日から江戸中の薬種問屋と生薬屋を当たってみよう。もしかしたら店の名前を変えているかもしれねえが、どこかで続けているはずだ。きっとな」

「承知しやした。駆け回りやすぜ」

「合点です。どうにかして見つけ出します」

月と星が眩しい夜、男たちは誓い合う。隼人はそれから二人を役宅へと連れて帰り、夕餉をたっぷりと振る舞い、泊めてやった。

その夜、里緒は、火の番を務めるお竹とお初のために、おかきを作っていた。干した角餅を細かく切って、油で揚げて、塩を一振り。醬油を塗ってもよし。揚げたての芳ばしいおかきは、雪月花の皆の大好物だ。

里緒は機嫌よく、小唄を口ずさみながら揚げていたが、突如小さな悲鳴を上げた。油が跳ねて、襷がけで露《あら》わになった腕に飛んだのだ。

——熱かったけれど、たいしたことはないわね。

腕を眺めて確認すると、里緒は料理を続けた。

作ったおかきをお竹たちに渡して、部屋へ戻って一息つく。

——手当てをしておきましょう。

板場より明るい自分の部屋で腕を見て、里緒は眉根を寄せた。小さな火脹《ひぶく》れができてしまっている。里緒は思わず両の腕をくっつけて眺める。左腕は白く滑らかだから、右腕がよけいに痛々しい。里緒は簞笥《たんす》から薬箱を取り出し、急いで手当てをした。

# 第五章　滑らかな鍵

## 一

隼人は駕籠舁き兄弟を大番屋に置いたまま、探索を続けた。すると瓦版屋が早速嗅ぎつけたようで、遠回しに書き始めた。

《金箔美女続けざまの殺し、そろそろ落着か》

恐ろしい事件が解決に向かっていると知り、江戸っ子たちはこぞって瓦版を読んだ。隼人は、瓦版屋たちに通告した。

「どこまで摑んでいるか知らねえが、それ以上書いたらただじゃおかねえぞ」

隼人が本気で凄むと、瓦版屋たちも怖気づき、従わざるをえなかった。隼人は、庄介と庄次の様子を窺いつつ、このように思っていた。真の下手人がいるとすれば、その者をもう少し泳がせたい、と。

――あの兄弟は大番屋にいるのだから、これでまた同じような殺しが起きれば、真の下手人はほかにいるってことで間違いねえ。だが、これで殺しが本当に止まってしまえば、ほかに下手人はいなかったということで、兄弟が嘘をついたってことになる。二人目と三人目も、あいつらが殺った疑いが濃厚になってくるんだ。もし取り調べの時のやり取りが芝居だったとしたら……あいつら、たいした役者だぜ。

親に暴力を受けて育った者の中には、その心の傷ゆえに自己が分裂してしまい、複数の性分を持つことがあるという。おとなしい性分、狂暴な性分、正直な性分、嘘つきな性分。それを複合して持っているとすれば、庄介たちがおとなしい顔をして平気で嘘をついたとも考えられなくはなかった。

隼人は大津屋源兵衛とお留の行方を追いながら、四人目の死体が挙がるかどうかを絶えず気に懸《か》けていた。

それから少し経って、若い女の死体が見つかった。今度見つかった場所は、噂があった柳島村に近いという訳ではなく、少し離れた神田川《かんだがわ》沿いだった。

死体には馨《かぐわ》しい匂いはついておらず、金箔も貼られてはいなかった。川に流されて、あちこちにぶつかりながら辿り着いたのだろう。死体の顔は、はっきり識別できないほどに傷ついていた。身元を探るのに、手間がかかりそうだった。——この死体は、四人目ということなのだろうか。それとも、まったく関わりのない事件なのか。

隼人は首を捻る。四人目と考えるには、今までの死体とは殆ど共通点が見当たらない。若い女ということだけだ。躰にも暴行を受けた痕《あと》はまったくなかった。それゆえ奉行所では、別の事件として探索を始めることにした。

大火で亡くなった人々の四十九日が過ぎると、江戸の町はいずこも活気を取り戻していった。気候も一段とよくなり、袷《あわせ》ではもう暑いぐらいだ。火事があってから里緒はずっと紺色の着物を纏っていたが、ようやく明るい色のものに袖を通す気になった。来月五月五日の衣替えに向けて、里緒はお竹たちの仕事着も新調しようと考えていた。

里緒は初々しい水色の着物を纏って、雪月花の前で打ち水をする。青葉が眩しい季節、どこからかホオジロのさえずりが聞こえてくる。心地よい風に頰を撫でられ、里緒がふと顔を上げると、隼人の姿が目に入った。

里緒はにこやかに声をかけた。

「隼人様、お疲れさまです」

隼人は里緒にゆっくりと近づいてくる。その顔には疲労が見えて、里緒は気に懸かった。

「相変わらず精が出るな」

「隼人様こそ……お忙しくていらっしゃるのでは」

「まあな。じつは、探索がなかなか進まんのだ」

隼人の顔色を窺いながら、里緒は朗らかに誘った。

「よろしければ、うちで少しお休みになっていらっしゃいません？　先ほど作ったばかりの、酒饅頭《さかまんじゆう》があるんです。まだ熱々ですよ」

隼人の返事も待たずに、里緒は隼人の後ろに回って大きな背中を押し始める。

「いや……そんな。いつもいつもじゃ、悪いじゃねえか。里緒さんには敵わねえなあ」

「ご遠慮なさらず。隼人様がいらっしゃると、番頭をはじめ、うちの者たちは皆、喜びますので」

「俺ってそんなに人気者なのかい？　見世物小屋の珍獣みてえじゃねえか」

里緒が声を上げて笑ったので、つられて隼人の顔も和らいだ。

里緒は隼人を自分の部屋に通した。隼人は何か思い悩んでいるようだったが、里緒が酒饅頭を運んでくると、手摑みでむしゃむしゃと食べ始めた。餡がたっぷり詰まった酒饅頭をお茶と一緒に味わい、隼人は顔をほころばせる。

——これほど食欲がおありになれば、大丈夫ね。

里緒は笑みを漏らし、お茶を注ぎ足した。

ふっくらと大きな酒饅頭をあっという間に一つ平らげ、二つ目を頰張りながら、隼人はおもむろに話し始めた。

「参っちまったよ。半太と亀吉と一緒に、江戸中の薬種問屋と生薬屋を訊ね歩いているのだが、さっぱり見つからねえ。盛田屋の若い衆にも手伝ってもらってるんだがな」

里緒に、隼人は探索の経過を語った。駕籠舁きの兄弟を突き止めて、番屋に引っ張り、聞き出したこと。その者たちの母親が金色の髑髏杯を持っていたこと。それは、母親が薬種問屋の主人にもらったものだったこと。その二人を突き止めれば、金色偽髑髏の謎も解けると思って探しているが、どうしても見つけることができないと、隼人は正直に里緒に話した。

「里緒さんの勘働きどおり、やはり駕籠舁きが関わっていた。恐れ入った。今日はそのお礼を言いにきたつもりだったが、また馳走になっちまった。本当にかたじけねえ」

頭を掻く隼人に、里緒は微笑んだ。

「召し上がってくださって、嬉しいのです。……しかし、興味深い展開になって参りましたね。髑髏杯が関わってきますなら、あの偽髑髏を埋めたのは、邪教の者たちではなく、信長を真似した者ということになるのでしょうか。それがもしや、薬種問屋の主人かもしれないと」

「今回の件に、邪教の者たちは関わっていないだろう。鎌倉時代のそれが密かに生き延びていないか探ってはみたが、やはり今は完全になくなっちまっているようだ」

「では、邪教の線は消えましたね。でも……薬種問屋のご主人が、信長に影響されたといいますのは、なにやら面白いですね。信長の真似をするような人は、お侍が多いような気がしますが」

里緒はしなやかな指を、顎にそっと当てた。

隼人は、新たに見つかった若い女の死体についても、里緒に話した。

「今度殺された女と、今までの女たちに共通しているのは、若い女ってことだけだ。それゆえ今度の事件は、金箔殺し事件には関係ないものと見做《みな》された」

「その方の身元はお分かりになったのですか」

「俺とは別の者が担当しているが、なかなか進んでいねえようだ。顔が識別できないほどに傷ついていたからな。杭にぶつかったり、魚に食い千切《ちぎ》られたりしたのだろう」

「まあ」

里緒は眉根を寄せる。隼人は息をついた。

「今度のは担当の同心に任せるとして、俺はなんとしても大津屋源兵衛と、駕籠舁き兄弟の母親のお留を見つけ出さなければな」

隼人は三つ目の酒饅頭にかぶりつく。それをじっと眺めながら、里緒は指で顎をなぞった。里緒の眼差しに気づき、隼人はバツの悪そうな顔をした。

「いや、すまん。あまりに旨いから、つい。頭を使うと腹が減っちまうんだ」

だが里緒は、隼人の言葉など耳に入らないかのように、唐突に訊ねた。

「その大津屋さんは、いつ頃、日本橋本町にあったお店をお仕舞いになったのでしたっけ」

「うん？　ああ、確か三年前だ」

「といいますと、享和《きょうわ》の最後の年ですよね。……もしや、大津屋さんはその頃に、薬種問屋から砂糖問屋へ商いを替えられたのではないでしょうか」

「俺もそう思って砂糖問屋も探ってみたのだが、そこにも手懸かりがなかったんだ」

「そうなのですか……」

里緒は溜息をつく。

高価な砂糖はもともと薬扱いだった。異国から砂糖が長崎《ながさき》に運ばれると、長崎会所から大坂《おおさか》の唐薬種問屋《とうやくしゅどいや》に渡り、砂糖荒物《あらもの》仲買仲間を経て、江戸をはじめ全国へと流れた。後に、薩摩《さつま》や紀州《きしゅう》、讃岐《さぬき》などの国内産の砂糖が大坂に運ばれるようになると、各藩の蔵屋敷のほかに、唐薬種問屋が引き受けた。

江戸市中における砂糖の流通は、大坂との取引を独占している十組問屋《とくみどいや》に属する薬種問屋五十軒によってなされていた。問屋の内訳は、薬種専業と砂糖専業が半々だったが、享和の頃に大伝馬町《おおてんまちょう》の薬種問屋の大坂屋《おおさか》勘兵衛《かんべえ》と堺屋《さかい》九左衛《きゅうざえ》門《もん》が砂糖専業となると、薬種問屋のうちの三十数軒が、それに倣って砂糖問屋に替わった。

いずれにせよ十組問屋に属する薬種問屋あるいは砂糖問屋の株仲間でなければ、異国や薩摩などの国内の砂糖を扱うことができなかったのだ。

「十組問屋の薬種問屋一軒一軒を訊ね歩いたが、誰も大津屋の行方を知らなかった。砂糖問屋も然《しか》りだ。江戸へ送られてくる砂糖は、ほぼその十組問屋の者たちが握っている。大津屋が仮に砂糖問屋に替わって、どこかで商いをしているとしても、十組問屋の者たちが知らねえ訳がねえと思うんだ。すると考えられるのは、大津屋は店を仕舞って、株仲間を抜け、今は薬種問屋でもなく砂糖問屋でもない別の商いをしているのではねえか、ってことだ。店の名前も変えてな。すると、いっそう見つけ出すのが難しくなっちまう」

「さようですね」

隼人と里緒は、互いに肩を落とす。

「私どもは、砂糖はいつも小売商から買っております。小売商には、十組問屋の中の砂糖問屋から流れているのですね」

「ほぼ、そうだろうな」

砂糖、砂糖、と考えつつ、里緒はふと思い出し、声を上げた。

「確か駿府《すんぷ》でとれる砂糖は、大坂を経由せずに、直接江戸へ送られてくるのではありませんか？　大坂を通さないのなら、十組問屋の取り扱いではありませんので、そこの株仲間を外れていても、駿府の砂糖ならば入手できますよね。昔の仲間に気づかれぬよう、商いができるかもしれません」

「大津屋は、駿府の砂糖を主に扱う砂糖商人になっているってことか。……それも考えられなくはねえな」

異国および大坂より西でとれた砂糖は、大坂にいったん運ばれてから江戸へきた。しかし、大坂より東の駿府で採れた砂糖は、大坂を経由せずに産地から直接江戸へ運ばれた。その場合は、十組問屋が独占することはできない。十組問屋が幅を利かせていたのは、あくまで大坂から送られてくる荷物のみであった。

隼人は酒饅頭を頬張り、嚙み締めた。

「株仲間に入ってねえ砂糖問屋もあるだろうから、そこを探ってみるか。駿府の砂糖だけでは、それほど大きな稼ぎにはならねえだろうから、こぢんまりとやっているのかもしれねえな」

駿府で砂糖が作られるようになって、まだ十数年である。

「砂糖って、小間物屋《こまもの》などにもたまに置いてありますよね。あれは、薬種問屋や砂糖問屋から卸してもらったものなのでしょうか」

「どうなんだろうな。本来、砂糖は生薬屋に置いてあるべきものなのだが、近頃ではそのような店にも置いてあるようだ。そんな細かいところまでいちいち取り締まってられねえから、おめこぼしになっているんだよ。異国の砂糖ってのは、長崎会所から大坂を経て江戸へ入ってくる正規のものと、それ以外の非正規のものがあるんだ。非正規のものは裏でこっそり取引されているが、小間物屋などに置いてあるのも、そちらのほうなんじゃねえかな」

「非正規の砂糖は、どのような道順で江戸へくるのでしょう」

「うむ。長崎においてな、たとえば阿蘭陀《オランダ》商館から役人への贈り物、阿蘭陀人や唐人から丸山《まるやま》遊女への贈り物、荷揚げ人夫への手当、などという名目で、砂糖が出回るんだ。長崎会所を通らずにな。そのようにして流れ出た砂糖が非正規なものので、それを扱う仲買人がいて、流れる経路もできている。そのように会所を通らずに流れ出る非正規の砂糖は、年間三万貫（約一一二・五トン）以上だというぜ」

「それほど多いのですか」

里緒は目を見開き、手で口を押える。

「だから、大津屋が店の名を変えて砂糖問屋を営んでいるとして、駿府の砂糖だけでなく、非正規で手に入れた異国の砂糖も扱っているかもしれねえな」

「それならば、こっそり大儲けしているかもしれませんね」

里緒と隼人は目を見交わす。

「砂糖問屋をもう少し探ってみるぜ。時間はかかっちまうが、やるしかねえ」

里緒は隼人を見つめた。

「私、観見屋さんのお話を思い出して、駿府の砂糖に気づいたのです」

「観見屋っていうと……炊き出しに力添えしてくれた砂糖問屋かい？」

「さようです。観見屋さんが提供してくださった砂糖を見た時、色が珍しくて少し驚きました。黒砂糖のようでいて、もう少し色が薄いのです。味もなにやら少し違っていて。でも、滑らかで、お料理にはとても使いやすいものでした。そうしたら観見屋さんが教えてくださいました。よこすかしろという、駿府で生まれた砂糖なのだと。あの方のお店では、駿府の砂糖を主に扱っているとのことでした」

「なるほどな。観見屋は確か、浅草に店がある訳ではなかったな」

「本所と仰ってました。隼人様、砂糖問屋のことならば、観見屋さんにお訊きになれば、何かお分かりになるかもしれません。あるいは、観見屋さんが、もしや……」

二人の目が合う。隼人はお茶を一口啜った。

「里緒さんの勘働きかい」

「あの方は本所でお店をなさっているとのことですが、浅草だけではなく日本橋や京橋に建てられた御救小屋にも足を運ばれ、お力添えされているようでした。ほかの塩問屋、醬油問屋、酒問屋のご主人もそのようになさっていましたが、一番熱心なのは観見屋さんだとお見受けしておりました。お店があるにも拘わらず、あちこちを回っていらっしゃった。……もしや炊き出しにかこつけて、何かを、誰かを探していたとしたら」

「獲物を見つけていたというのか」

里緒は溜息をついた。

「まだ、分かりませんが。ほかの醬油問屋さんや塩問屋さんたちも、あちこちでお力添えなさっていらっしゃいましたから。……ただ、なんとなく、観見屋さんのことが気に懸かったのです。高価なお砂糖を惜しげもなく出してくださった。

そこに鍵があるのではないかと」

隼人は腕を組んだ。

「観見屋を少し調べてみるか。直接訊ねたところで白《しら》を切られるだろうから、こっそり探りを入れてみるぜ。半太と亀吉の見張りもつける。そういや下の名前には、源兵衛の源がついたような気がするぜ。確かめてみる」

「観見屋さんがもし本当に、庄介さんと庄次さんのお母様の旦那様だったとしたら、金色の髑髏杯をお母様に贈ったのは彼ということになりますよね」

「そうだ。金色の偽髑髏を埋め、金箔殺しに関わった疑いも生じてくる」

「兄弟は、二人目と三人目をやったのは自分たちではない、まったく関与していないと言っているのですものね。一人目を殴っただけだと」

「そうなんだ。兄弟の言い分が本当であれば、まだ息があった女を別の誰かが殺して金箔を貼り、香りをつけた。それと同じことを、二人目、三人目にしていったってことになる。いったいそれは誰なんだ、もしや観見屋なのか」

「やはり気になりますよね。金箔繋がりで」

里緒は顎に指をそっと当て、眼差しを彷徨《さまよ》わせた。

「でも、このようにも思うのです。金色の偽髑髏を埋めた人が関わっているとして、殺しにもわざわざ金箔を使うようなことをするのかしら、と。自ら、自分がやったと言っているようなものです。髑髏を埋めたのが誰かが分かれば、そこから足がついてしまうとは思わなかったのでしょうか」

「何か金箔にこだわりがあるんじゃねえか。あるいは、そこまで頭が回らないのかもしれねえ」

「もしくは、金色の偽髑髏を埋めた人と、金箔殺しの下手人はまったく別で、下手人は髑髏が見つかったことに影響を受けて、自らも真似て金箔を使ったのかもしれません。それとも……死体の顔に金箔を貼らなければならない訳が、何かあったのでしょうか」

隼人は里緒を見つめた。

「その訳ってのは、何だろうな。前にも言ったが、何かの印なのだろうか。瓦版屋などは、下手人は死化粧でもしてやったつもりなのか、などと書いていたがな」

「隼人様、前に仰っていましたよね。頬に貼られた金箔はしっかりついていて、拭ってもなかなか落ちなかったと」

「うむ。なにやら強力な膠《にかわ》みたいなもんを混ぜているのではねえかと、医者も言っていたぜ」

里緒は指で顎をそっとなぞる。

「かなり殴られていたのなら、死体には痣などが結構ありましたよね」

「凄いもんだった。だが、顔はそれほど酷くはなかったな。殴られた痕はあったが、躰に比べればたいしたことはなかった。……そういやちょいと不思議に思ったのは、一番酷く殴られ蹴られていたのは、一人目だったんだ。医者の調べによると、二人目、三人目と少しずつ緩やかになっていたと。女に暴力を振るうのが目的だとして、一人をやって味を占めたら、徐々に激しくなっていくだろう。その反対だから妙に思ったんだが、一人目と、二人目および三人目をやったのが別の者だとすれば理解できる。一人目をやったのは兄弟の兄で、かっとして見境なく殴る蹴るをしちまったと。二人目および三人目をやった下手人は、暴力を振るうというよりは端《はな》から殺すのが目的だったのだろうな」

「兄弟の言い分が本当であるとすれば、一人目の時、下手人は、まだ息のあった女人を、ただ殺したいがためにいったん連れ去り、また元の場所へ戻したのでしょうか」

「そうだろうな。いかれた奴がやることなど、計り知れねえ」

隼人は忌々《いまいま》しそうに顔を顰めて、お茶を飲み干す。里緒も眉を顰めた。

「なにやらやりきれないです。まだ分かりませんが、もし殺しに観見屋さんが関わっているとすれば、お妾の実の子供たちに疑いがかかることになってしまったのですから。まだ息のある女人を見つけた時、その人を置いていったのが彼らだとは、思いもしなかったでしょう。悲しい偶然です」

「まあな。奉行所の者たちだって、あの兄弟が三人とも殺ったと思っているみてえだしな。まだ大番屋に留めているが、早く連れてこいとうるせえんだ」

「瓦版にも、金箔殺し事件はそろそろ解決か、などと書かれていましたね」

「うむ。殺しは一応止まったように見えるから、奉行所の者たちも兄弟が下手人に違いねえと思い込んじまったんだろう。真の下手人は、どこかで息を潜めているかもしれねえのにな」

「もし、探索が思うように進まなかった場合、駕籠舁きの兄弟が罪を被ることになってしまうのでしょうか」

「三人を殺したと見做されれば、死罪は免れぬだろう。それは、どうしても避けたいところだ。……俺も同心の勘で、あの二人の言い分は本当のように思う。あいつらを救うためにも、真の下手人を必ず突き止めるぜ」

意気込む隼人を、里緒は熱い眼差しで見つめた。

砂糖問屋の観見屋を熱心に調べると、主人の源蔵《げんぞう》は、薬種問屋だった大津屋源兵衛で間違いないようであった。隼人と里緒の推測どおり、三年前に薬種問屋を仕舞って株仲間を抜け、場所を変えて、株仲間に入らない砂糖問屋として、本所は原庭町《はらにわちょう》でひっそりと商いをしていた。店はこぢんまりとしているが、なかなか羽振りはよいようだ。駿府だけでなく異国の砂糖も扱っているらしく、裏取引の疑いも生まれてきた。

半太と亀吉の聞き込みによって、源蔵は根津権現《ねづごんげん》近くの千駄木町《せんだぎちょう》に妾を囲っていることが分かった。

半太と亀吉は千駄木町へ向かい、その妾を探った。妾は齢三十八で、名はお留であった。駕籠舁き兄弟の母親で間違いなさそうだ。

「観見屋源蔵は、五日に一度は、お留に会いにいっているようです」

半太が報せると、隼人は考えを巡らせた。

「観見屋を無理にでも引っ張ろうかと思ったが、先にお留に話を聞いてみるか。お留のほうが、いろいろと話してくれるかもしれねえ」

「今のところは推測だけで、偽髑髏を埋めたり、女たちを殺したのが観見屋だという証拠《あかし》は、何もありやせんよね」

「そうなんだ。だから観見屋に話を聞いても、白を切られたら、それまでだ。お留から上手く聞き出せれば、奴の綻《ほころ》びを何か摑むことができるだろう。そこから崩していくとするか。……亀吉、お前は観見屋を見張っていてくれ。半太、お前は俺と一緒に来い」

隼人は半太を連れて、お留が住む千駄木町へと向かった。

千駄木は団子《だんご》坂で名高い。坂上から佃《つくだ》沖が見渡せるので、汐見《しおみ》坂とも呼ばれる。道沿いには団子屋が多く、坂上には植木屋が多い。菊作りで評判だった。

その団子坂を下った辺りの一軒家で、お留は下女とともに暮らしていた。隼人は蔀戸《しとみど》を叩いて、玄関先で大きな声を出した。

「頼もう。何方《どなた》かおらぬか」

すると少しして、戸の向こうから下女らしき声が返ってきた。

「はい。どちら様でしょう」

「奉行所の者だ。少し話を聞かせてもらえぬか」

上がり框を下りる気配がして、戸が開く。小柄で年老いた下女は驚いたような顔で、隼人を見上げた。

「は、はい。どのようなことでございましょう」

「主人のお留に用があるのだ」

「あ、はい。少しお待ちいただけますでしょうか」

「構わぬ」

隼人は頷き、後ろにいる半太に目配せした。半太は直ちに裏口に回る。お留が逃げた場合、捕まえられるようにだ。

しかしその心配はなかったようで、下女はすぐに戻ってきて、隼人を中へと通した。

お留は、居間で待っていた。よい着物を着て、身なりを整えているからだろう、実際の歳よりも若く見える。美人ではあるが、大柄で目つきがきつく、なにやら怒っているような面立ちだ。

――なるほど。この女ならば、息子たちを殴っていたってのもあり得るな。

隼人は腰を下ろし、お留と向き合った。そこへ下女がお茶を運んできたので、隼人は一口啜った。

「すまねえが、お前さんに訊ねたいことがあってな」

「はい。どのようなことでございましょう」

お留は突《つ》っ慳貪《けんどん》に口を尖らせる。

「お前さんの息子の庄介と庄次が、殺しの疑いで捕まった」

お留の目が見開かれる。すっと血の気が引くのを、隼人は見逃さなかった。お留は瞬きもせずに隼人を見つめ、口を手で押さえた。

「ま、まさか」

「その、まさかだ。三年前にお前さんが置き去りにした息子たちだよ。その後、兄弟で駕籠舁きをして頑張って生きていたのに、魔が差したんだろうな。女を続けて三人殺した疑いがかけられ、今、大番屋に留められている」

ううっ、という声を漏らし、お留は急に泣き伏した。背中を震わせながら咽《むせ》び泣くお留を、隼人は黙って見つめる。

——この泣き方は、芝居とは思えねえ。血も涙もねえ女かと思っていたが、こんな女でも、少しは母親の心ってものが残っていたのか。

お留はしゃくりあげた。

「私が……私が悪かったんです。近頃、ひどくあの子たちのことが気に懸かって。

……どうしているんだろう、って」

「気になっていたのか、息子たちのことが」

「はい。火事があったからです。あの後から無性に息子たちが気懸かりで。無事だったのだろうか、もしや火事に巻き込まれたのではないかと、心配で。……それで旦那様に、二人の様子を見にいってくれるよう、頼んだのです」

「観見屋源蔵だな」

お留は頷く。懐から取り出した懐紙で涙を拭い、お留はようやく姿勢を正した。

「実際に見てきてくれたのは、旦那様の下男でした。前にいた長屋から引っ越してしまっていたので、探すのに少し時間がかかったようですが、息子たちは元気でやっているとの報せを聞いて、安堵したのです。……でも、その頃から、なにやら胸騒ぎがしましてね。絶えず、息子たちのことが心に浮かんでくるのです。あの子たちを棄てたのは、私ですのに。今頃になって、なにやら心配で、心配で。私みたいな愚かな女にも、母親の心が少しは残っていたのでしょうね」

お留はまた涙をこぼす。隼人はお留を見つめた。

「今になって気づくとは、皮肉なもんだな。どうして妾に収まる時、息子たちが納得できるよう、話してやらなかったんだ。せめて居場所ぐらい、教えておいてやればよかったじゃねえか。お前さんが殴っても、やり返さなかった息子たちならば、お前さんが行くというのを止めたりはしなかっただろうよ。母親が好いた男のもとへ行ったとしても、どこにいて相手がどこの誰か分かっている場合と、それがまったく分からない場合じゃ、子供の心持ちだって違うだろう」

お留は濡れた目で、隼人を見た。

「申し訳ございません。深く悔やんでおります。……子供を棄てることが、妾になることの条件だったのです。あの子たちに何も告げずに家を出ることを、旦那様が望まれたのです」

「なに、そうだったのか」

「はい。……私は確かに、息子たちに暴力を振るうこともありました。息子たちが幼い頃に、左官屋《さかんや》だった夫が亡くなり、それから女手一つで二人を育てました。男の方にはお分かりにならないかもしれませんが、女が一人で子供を育てるのは本当にたいへんで、誰にも言えないような苦労もございました。朝から晩まで働いて、躰も心もきつくて、時に子供たちに当たってしまったのです。……子供たちが育って、働き始めて、少しは楽になった頃、旦那様から妾のお話がありました。正直、その頃の私は、貧しい暮らしが、もう嫌になっておりました。贅沢したかったんです。だって、夫が亡くなってから、ずっと必死で生きてきたのですもの」

「それで、観見屋に従ってしまったのか」

「さようでございます。何も言わずに、家を出ました。その時、庄介は十六、庄次は十五でしたから、もう私などがいなくても大丈夫だと思ったのです」

隼人は息をついた。

「歳は関係ねえんじゃねえかな。いくつになったって、親子の絆ってのはあると思うぜ。親が黙っていなくなっちまったら、十五の子供だって、三十の子供だって、不安になるのは変わらねえだろう」

お留は肩を落とし、言葉もなく、項垂れる。

「まあ、仕方がねえよ。その時のお前さんは、そうしちまったんだから。……人生の中、そうすることしか考えられない時も、あるよな。それで皆、後から悔いが込み上げるんだ。莫迦なことをしたな、悪いことをしたな、どうしてあんなことをしちまったんだろう、ってな」

「まさに、今……そう思っております」

お留は微かに震える声で答え、唇を嚙み締める。隼人は腕を組んだ。

「でもよ、息子を棄てろなんて条件を出した観見屋に、息子を探ってほしいと、よく頼んだな。観見屋は何も言わなかったのか」

「それは、ぶつぶつ仰ってましたよ。でも、なんだかんだと、私の言うことは聞いてくれるのです」

「お前さんに惚れているんだな」

お留は目を伏せた。

「嫌われていない自信はございます」

「さっきの下女に頼めばよかったんじゃねえのか」

「そうも考えましたが、あの下女はなんでもすぐに旦那様に喋ってしまうのです。いずれ筒抜けになってしまうのですから、下女に頼むぐらいならば、旦那様に直接話したほうがよいと思いました」

「なるほどな。まあ、こそこそするよりは、息子が心配だと正直に話したほうが、印象はいいかもしれねえな」

お留は隼人を真っすぐに見た。

「それで息子たちは、今はまだ大番屋に留められているのですか」

「そうだ。だがな、二人は殺っていないと主張し、俺もそうだと思っているんだ」

お留は膝を乗り出した。

「本当でございますか」

「うむ。俺の勘では、おそらく下手人は別にいる。お前さんの息子たちは、どうも嵌《は》められたような気がするぜ。だから、息子たちを助けるためにも、俺の問いには正直に答えてほしい」

お留は真摯な顔で頷いた。

「はい。お答えいたします」

「息子たちの話によると、お前さんは作り物の髑髏杯を持っていたというが、それは観見屋にもらったのだな」

「はい、さようでございます。旦那様がある方からいただいたものの一つを、私にくださったのです」

「ある方ってのは、誰だ？」

「奥野《おくの》様と仰る、お旗本《はたもと》様です」

「旗本か……」

隼人は唸り、顎をさすった。旗本ならば調べればすぐに分かるが、万が一偽名を騙《かた》っているかもしれないので、訊ねてみる。

「その旗本の役職は分かるか」

「確か、小普請支配《こぶしんしはい》と仰っていたような。家禄は二千石と聞いたことがございます」

小普請の中で、将軍に拝謁《はいえつ》できるお目見得以上は小普請支配、お目見得以下は小普請組となる。小普請は、旗本・御家人のうち家禄三千石以下で無役の者が属する。二千石といえば大身《たいしん》とまではいえないが、裕福な旗本である。

――奥野殿が髑髏杯を所持していたのならば、桜の木の下に埋めたのは、奥野殿とも考えられる。

お留によると、奥野は髑髏に凝っていて、杯のほかにも置物など様々なものを作らせて所持しているようだ。特に金箔を施したものを好むらしい。

隼人は顎をさすりつつ、問いを続けた。

「その奥野殿と観見屋は懇意の仲なのだな」

「旦那様が薬種問屋をなさっていた頃からの仲でいらっしゃいます。今も砂糖を、奥野様のお屋敷に届けていらっしゃいます」

「屋敷はどこにあるのだろう」

「本所と聞きました」

「観見屋も本所というから、近いのか。あの辺りは旗本屋敷が多いよな。観見屋は奥野殿とよく会っているのかい」

「はい。でも……近頃はどうなのでしょう。奥野様のお嬢様が火事の時に怪我をなさって、お嬢様はもちろん、奥野様も落ち込んでいらっしゃるようですから」

「そうなのか。でも、本所の辺りまでは、火は広がらなかったけれどな」

「ちょうどその時、お嬢様は品川の御殿山《ごてんやま》にお花見にいらっしゃって、その帰りに巻き込まれたそうです」

御殿山は桜の名所であり、火が出たのは芝の車町だ。あっという間に燃え広がったので、あの辺りを訪れていたのならば、巻き込まれたことはあり得る。

「軽傷で済んだのだろうか」

「それほどの大怪我ではなかったようですが、火傷《やけど》されてしまったみたいです。どの程度なのかは存じませんが、十六、七のお年頃ですし、火傷をなさったらやはり落ち込まれますでしょう。お美しいと評判のお嬢様で、ご縁談もいろいろ来ていたようですから、奥野様もご傷心なのではないかと」

「なるほどな……そのような状態なら、今、奥野殿は観見屋とそれほど会ってねえかもしれねえな」

「そうかもしれませんね。旦那様も、近頃、あまり奥野様のお話はなさいませんので」

隼人は少し考え、お留に告げた。

「話を聞かせてもらえて、礼を言うぜ。ところで俺がここへ来て、お前さんに訊ねたことは、観見屋にはくれぐれも黙っていろよ。お前さんが観見屋によけいなことを話すと、息子たちが助からなくなる恐れがあるからな」

お留は顔を引き締め、隼人に大きく頷いた。

「もちろんでございます。旦那様には何も申しません。だから、お願いでございます。庄介と庄次の無実の罪を必ず晴らしてくださいませ」

唇を震わせ、お留は頭を深々と下げる。その姿を眺めながら、隼人は声に力を込めた。

「任せておけ。お前さんが悔いを改めたってこと、俺の心にしかと響いたぜ。もし観見屋が、俺が訪ねてきたことを下女から聞いて、お前さんに何か問い質したら、こう答えておけ。この近くで強盗の事件が続けてあったので、不審な者に心当たりはないか同心が訊ね歩いているようで、うちにも来たとな」

「はい。かしこまりました。必ずそう申します」

お留は隼人を見つめて毅然《きぜん》と答え、再び平伏《ひれふ》すのだった。

お留の家を出ると、半太が玄関先で待っていた。

「中に入ればよかったじゃねえか」

「下女が部屋の近くで耳を欹てたりしていないか、ここでこっそり覗いて、中の様子を窺っていたんです」

「それで、下女はそんなことをしていたのか？」

「してませんでした。……と言いたいところですが、一度、しようとしたんですよ。襖に耳をくっつけましてね。だから、おいら、ここで大きな咳払いをしたんです。そうしたらビクッとしたようで、そそくさと離れました。大丈夫、話は聞かれてません」

隼人は笑みを浮かべた。

「よくやったじゃねえか。お手柄だぜ、半太。よし、蕎麦でも奢《おご》ろう。俺も小腹が空いたからよ」

「え、それは嬉しいなあ。ありがとうございます、旦那」

隼人は半太の肩を叩き、綿雲が浮かぶ空の下を歩き始める。この坂下には、旨いと評判の蕎麦屋があるのだ。

二

隼人はその夜、探索の経過を里緒に報せるため、雪月花にまたも立ち寄った。皆に歓迎されて中に通されたが、隼人は恐縮してしまった。

「いつもすまねえなあ」

「お越しくださって嬉しいです。探索のお話をお伺いしたかったものですから」

里緒は微笑みながら、隼人に海老煎餅とお茶を出す。擂《す》り潰した芝海老を饂飩粉と混ぜて作る煎餅は、雪月花の皆にも好評だ。あおさも加えると、いっそう香りよく芳《こう》ばしいものに仕上がる。隼人も一枚食べて止まらなくなったようで、次々に頬張った。

自分をじっと見つめる里緒の眼差しに気づくと、隼人は食べる手を休めて、お茶を啜った。

「いや、すまねえ。あまりに旨くて、つい」

「美味しそうに召し上がってくださると、嬉しいのです。それで、つい隼人様を眺めてしまって」

「そうかい？　なら、遠慮せずにいただくぜ」

隼人は微笑み、海老煎餅を味わいながら、探索で摑んだことを里緒に話した。すべてを聞き終わると、里緒は息をついた。

「やはり観見屋さんが絡んでいたのですね」

「里緒さんの勘働きには感心頻《しき》りだ」

「いえ、なんとなく怪しいと思っただけです。つまり、こういうことですよね。……観見屋さんのお妾が、あのご兄弟のお母様だと。そして観見屋さんは、お旗本の奥野様と繫《つな》がりがある。偽髑髏はもともと奥野様がお持ちでいらっしゃったようである、と」

「そういうことだ。まあ、考えられるのは、奥野殿と観見屋が共謀して、若い女を攫《さら》ってきては殺していたってことなんじゃねえのかなあ。二人が懇意だったってのは、妙な性癖が似ていたのもあるのだろう。それで馬が合ったんだ、きっと」

里緒は顎に指を当て、首を傾げる。隼人は里緒を横目で見ながら、続けた。

「まあ、その結果、妾の息子たちが疑われることになっちまったのは、皮肉なもんだ。お留、号泣していたからな。鬼みてえな女かと思っていたが、やはり母親だったんだな」

「本当に。お留さんのお話をお伺いして、なにやら安心いたしました。あのご兄弟も救われますでしょう」

「救ってやりてえぜ、罪からもな。だが、奉行所の者たちは兄弟が殺《や》ったって思っちまってるんだよなあ。奥野殿と観見屋が殺ったってのは、あくまで推測だし、いろいろと謎も残る。金色の偽髑髏をどうして桜の下に埋めたのか。なぜ殺した女の顔に金箔を貼っていたのか」

里緒は黒目がちな目で隼人を見つめ、おもむろに口を開いた。

「隼人様。今から、私の推測をお話ししたいと思いますが、些か大胆かもしれません。それでも最後まで聞いていただけますか」

隼人は、里緒を見つめ返す。

「もちろんだ。里緒さん、どのようなことでもいい。話してくれ」

里緒は頷き、推測を語り始めた。

「今回の事件は、巷の小さな騒動に合わせて起こっていきましたよね。それで私、これまでの小さな騒動を振り返りつつ、その騒動ごとに気づいたことや学んだことを通じて、推測してみたのです。一つ目の、桜の下から金色の偽髑髏が掘り起こされた騒動からは……傍《はた》から見れば禍々《まがまが》しい物であっても、大切な思いが籠《こ》められていることもあるということに気づきました。私はやはり、偽髑髏には何かおまじないのような意味があるのではないかと思うのです」

「ふむ。では、二つ目の、狼男の騒ぎからはどんなことに気づいたのかい」

「はい。下手人は悪いことをしつつ、よいこともしていると思っているのかもしれない、ということです。……それどころか、もしかしたら下手人は、悪いことをしているとは少しも思っていないのでは」

隼人は首を傾げつつ、次を問う。

「三つ目の、幽霊姉妹の騒ぎからは、どのようなことに気づいたんだ」

「はい。下手人の家族の間に何か問題があるのかもしれないということです。家族の誰かのために、心が不安定になってしまっているのかもしれません」

「うむ。では四つ目の、蝶々の家の騒動からは何を気づいたんだ」

「はい。下手人は、歪んだ情愛ゆえに、罪を犯したのではないかということです」

隼人は腕を組み、息をついた。

「歪んだ情愛とは、下手人の、殺した女たちに対するものか？」

里緒ははっきりと答えた。

「そうではありません。父親の、娘に対する情愛です」

「……どういうことだ」

「今度の事件は、奥野様の、お嬢様に対する情愛ゆえに起きたことだったと思うのです。お嬢様を大切に思うお気持ちが、あまりに強過ぎたために、歪んだ形になってしまったのでしょう」

「すまねえ。里緒さん。分かりやすく説明してくれねえか」

「はい。私が今度の事件で一番不思議に思ったのは、死体の顔に金箔が貼られていたことでした。それも、なかなか拭えないほどに念入りに。……ところで、私、先日、料理をしていて腕に火傷をしたんです。だいぶよくなりましたが、火脹れができてしまった時は、やはり気が滅入《めい》りました。両の腕を合わせますでしょう。左腕は滑らかなのに、火傷をした右腕は赤く腫れて痛々しいんです。つい見比べてしまって、いっそう落ち込みました。奥野様のお嬢様は火事に巻き込まれて、火傷をなさったとのこと。もしや火傷の場所が、腕や脚ではなくお顔だったとしたら、どのようなお気持ちでしょうか。しかも酷い状態になってしまっていたら……若い人でしたら、耐えられないほどに辛いと思うのです。命が助かったことに感謝しながらも、やりきれませんでしょう。人によっては、気鬱《きうつ》になってしまうかもしれません」

「うむ。……その気持ちは分かる」

「火傷をしてしまった女人が鏡を見たら、いったい何を思うのでしょう。自分には、傷ついた皮膚と、滑らかな皮膚の両方があるのです。おそらく、こう思う人もいるのではないでしょうか。……滑らかな皮膚を、傷ついた皮膚に移し替えたい、と」

隼人は目を見開く。里緒は淡々と続けた。

「火傷の痕が治らないほどに酷かった場合なら、漠然とそのような考えを抱くのではないでしょうか。火傷したところが顔ならば、なおさら。そのようなことができっこないと分かっていても、妄想《もうそう》してしまうと思うのです。奥野様のお嬢様も、もしかしたらそのようなことを考えられたかもしれません。あるいは奥野様ご自身が、お嬢様をご覧になっていて、そのような妄想に取り憑《つ》かれてしまったのかもしれません。愛しいお嬢様の花の顔《かんばせ》を、なんとしてでも元通りにしたい、と」

隼人は腕を組み、小さく呻いた。

「つまりは……どういうことなんだ」

「手術を試みようとしたのではないでしょうか。滑らかな皮膚を切り取り、傷ついた皮膚へと縫い合わせ、移し替えようと」

里緒のあまりに大胆な推測に、隼人はついに言葉を失ってしまった。

「もちろん、そのような手術は、日ノ本《ひのもと》では今まで行われていないでしょう。でも、異国ではあるようにも思います。一昨年頃、華岡青洲《はなおかせいしゅう》が通仙散《つうせんさん》（麻酔薬）を使った手術に成功したといいますが、その通仙散だってまだまだ危険と思われます。……奥野様のお嬢様は、様々なお医者様に診てもらったでしょう。でもなたからも、治りきらずに火傷の痕が残ると言われてしまったのでは。そこで奥野様は、恐らくは懇意の蘭方医《らんぽうい》に頼んで、危険を承知で皮膚を移し替える手術を試みようとしたのではないでしょうか。一方で、お嬢様のほかの部分、たとえば腿《もも》やお尻などの皮膚を切り取り、頬に移し替えることは躊躇《ためら》われたのです。失敗すればお嬢様が亡くなってしまいますので。それで、お嬢様と同じぐらいの年頃の女人をなんとしてでも連れてきて、手術を試みたかったのでしょう。奥野様にしてみれば殺すつもりはなく、ただひたすら、蘭方医に手術を試してほしかったのです。上手くいけば、女人の頰の皮膚を切り取り、それをお嬢様の火傷の場所に縫合できるのではないかと、一縷の望みを抱いて。……その結果、失敗が続いて、連れてきた女人たちは亡くなってしまったのではないでしょうか」

隼人の、海老煎餅を摘まむ手は、すっかり止まっている。

「じゃ、じゃあ、死体の頰に金箔が貼ってあったってのは」

「皮膚を切り取ったところを隠すためだったのではないかと、私は思います」

隼人は微かな唸り声を上げ、顎をさする。里緒はしなやかな指で海老煎餅を一枚摘まみ、齧《かじ》った。

「奥野様は観見屋に、女人たちを連れてくるよう頼んだのでしょう。ですが、『あなたの皮膚を切り取らせていただけませんか』と頼んで、おいそれと承諾してくれるような女人はおりません。いくら謝礼を弾むと言われても、若い人であればなおさら、断るに決まっています。そこで観見屋は恐らく手下などを使って、町中で獲物を見つけては攫うようにして連れてきたのだと思います。奥野様ぐらいのお旗本ならば駕籠をお持ちでしょうから、それを借りて、女人たちを運ぶのに使っていたのではないでしょうか。もしくは観見屋も駕籠を持っているかもしれません」

「かねてからの得意先で、懇意の仲の奥野殿の頼みを、観見屋は断れなかったってことだな」

「そうでしょうね。あるいは、奥野様にお金を積まれ、それに目が眩《くら》んだのかもしれません。……もしかしたら、奥野様に、砂糖の裏取引の後ろ盾になってもらっているのでは。そうすれば断ることはできないでしょう」

「なるほどな、あり得るぜ。調べてみたところ、奥野殿の伯父上《おじうえ》が長崎奉行所付の与力《よりき》を務めていたことがあるようだ。その繋がりで、奥野殿も長崎には所縁《ゆかり》があるのだろう。南蛮渡来の香り水だの、砂糖だの、関わりがあっても何も不思議ではねえ」

「さようですね」

「すると、一番初めのお順の時は、こういうことだったのか。……観見屋は奥野殿にうるさく言われて、手術を試せるような女を探していた。そしてある夜、道端に倒れている女を見つけた。その女は、息はあったが意識はなかったので、これ幸いと連れて帰った。皮膚の移し替えを試すためにだ。だが、手術は失敗して、女は死んでしまった。その女は、実は駕籠舁きの兄弟が置いていった女だった。皮肉な偶然で、観見屋の妾の息子たちが疑われることになった、と」

　里緒は顎に指を当て、目を大きく瞬かせた。

「私もそう思っていたのですが……偶然ではないような気がしてきました。観見屋は、女人を置いていったのがあの兄弟と知っていて、連れて帰ったのではないでしょうか」

「どうしてそう思うんだい」

「隼人様のお話によりますと、お留は観見屋に、息子たちが無事かどうか探ってくれるよう頼んだのですよね。観見屋はその頃、手下たちに命じて、女を探すだけでなく、あの兄弟も見張らせていたでしょう。……あの夜、観見屋の手下たちは兄弟を尾《つ》けていて、女を暴行したところを目撃したのだと思います。兄弟が、意識を失った女を駕籠に乗せて運んで、畑に放ったところまで、一部始終を。もしかしたら、その時、手下と一緒に観見屋も尾けていたかもしれません。兄弟が去った後に、女へ近づいてみると、まだ息があった。女は若く、顔はそれほど殴られておらず、綺麗だった。彼らにしてみれば手頃な女が見つかったので、しめしめと連れて帰ったのだと思います。彼らもたぶん、駕籠舁きに化けていたのではないでしょうか。怪しまれずに動けますし」

　隼人は静かに頷く。

「うむ。言われてみれば、そうだ。お留に頼まれて、観見屋が兄弟を探っていた頃だ」

「女をおそらく、奥野様のお屋敷に運んだのでしょう。そこで手術を試したところ、失敗してしまった。蘭方医もおそらくは初めてしたことでしょうから、思うように上手く皮膚を切り取ることができなかったのでは。歪《いびつ》な形に切り取った皮膚を、お嬢様の顔へ移し替えることはできません。奥野様は納得できず、それでは駄目だと仰ったのでしょう。切り取られた女人はおそらく……通仙散もどきの、痛みを麻痺させる薬が効き過ぎてしまったか何かでお亡くなりになったのでは。その時、奥野様をはじめ、蘭方医、観見屋たちは慌てたと思うのです。成功する割合は少ないだろうと予想はしていたでしょうが、実際に亡くなってしまうと、やはり動揺したのではないかと。彼らは真っ先に死体をどうするかを考えたでしょう。そしてその時に、観見屋が悪知恵を働かせたのではないかと思うのです」

「どんな悪知恵だ」

「観見屋は、死体が見つかり、探索が進んでいった時に、駕籠舁きの兄弟に疑いがかかるように仕向けたんです。兄弟を下手人に仕立ててしまおう、と」

隼人は目を見開いた。

「だってあの二人は、妾の息子なんだぜ」

「それが気に食わなかったんですよ、観見屋は。隼人様のお話を伺っていて、思ったのです。観見屋は、独占欲がとても強い男のようだと。それゆえ、妾のお留さんが今頃になって棄てた息子たちを気に懸けているのが、面白くなかったのでしょう。そんな折に兄弟の暴行を知ってしまったので、これは都合がよいと罪を被せようとしたのです。兄が女を殴っていた時、女を詰《なじ》ってもいたでしょう。その内容から、二人がどのような間柄だったか薄々分かったと思うのです。亡くなった女を調べていけば兄弟には行き当たりますが、自分たちには絶対に足がつかないと、高《たか》を括ってもいたのでしょう。女と観見屋たちは何の接点もない、行きずりの間柄ですから」

隼人は腕を組み、息をつく。

「それが本当だとしたら、観見屋ってのは情け容赦のねえ男だなあ。妾の子供を陥《おとし》いれようなんてよ」

「好いた者を独占したいがため、人は時として物狂おしくなってしまうことを、蝶々の家の騒ぎで学びました」

静かに答える里緒を、隼人は見つめた。

「なるほどな。まあ、観見屋はそうやって兄弟に罪を被せようとしつつ、死体を元の場所へ棄てたんだな」

「そういうことですね。死体の頬に金箔を貼ったのは、咄嗟《とっさ》の判断だったと思います。皮膚を切り取ったところを隠すには、どうすればいいのかを考え、金箔に何かを混ぜて厚めに塗りつけるのがよいと思ったのでしょう。兄弟に罪をなすりつけるつもりであっても、隠さずにそのまま遺棄すると、死体を調べられた時におかしく思われて、もしやそこから蘭方医などが疑われ始め、足がついてしまうかもしれませんから。そこで彼らは、死体を調べられた時に金箔を拭ってもなかなか落ちないように、膠や薬などを調合して混ぜ合わせたのでしょう。隼人様、前に仰っていましたよね。死体を調べた医者が、無理に金箔を拭おうとしたら、擦れて皮膚が爛《ただ》れたようになってしまったと。よほど強力に金箔を貼りつけたのだろう、とも。それはもしや、入念にも金箔に毒をも少々混ぜていたのではないでしょうか。そうやって皮膚を爛れさせてしまえば、もし無理に金箔を拭ったとしても、皮膚を切り取ったようには決して見えないでしょうから」

「凄え細工だな」

隼人は唸る。

「でも、彼らがそのような細工をしていたとすると、女たちの死体が強い芳香を放っていた意味も分かるような気がします。手術で流れた血や、通仙散もどきの薬の匂い、毒の匂い、その毒によって金箔の下で焼かれた皮膚の匂いなどを紛らわすために、強い香り水を振りかけていたのではないかと」

「……あり得るかもしれねえ」

「そうやって死体を遺棄した彼らは、性懲《しょうこ》りもなく次の獲物を探し始めたのです。一度目は失敗してしまいましたが、手術をどうしても成功させたいからです。そして、そこでまた、悪知恵が働いたのです」

「どのような」

「もし二度目も失敗した場合、また死体を処分することになります。その罪をも、兄弟になすりつけようと考えたのです。一度目は偶然でしたが、兄弟が女を置いていった場所、すなわち観見屋たちが死体を遺棄した場所は、金色の偽髑髏が掘り起こされた騒ぎがあったところの近くでした。それゆえ、二度目も、おかしな騒ぎが起きたところの近くに、死体を棄てようと考えたのです。三度目も然りです」

「それは、死体において、共通することを増やすためだろうか」

「さように思います。頰に貼りつけられた金箔、馨《かぐわ》しい匂い、同じ年頃の女たち、そして死体が置かれていた場所。共通することがいくつもあれば、一番初めの殺しに関わった者が続けてやったと疑われるに違いないので、自分たちはなかなか足がつかないだろうと、策を練ったということです。そして彼らの思惑どおり、一番目のお順さんに関わっていたあの兄弟が三人とも殺《あや》めたに違いないと、奉行所でも疑われているという次第です」

「そのとおりだ。まったく情けねえぜ。奉行所の奴らより、里緒さんのほうが勘働きが冴えているなんてな」

隼人は項垂れ、頭を搔く。

「生意気なことを申し上げて、申し訳ございません。でも、このように考えていくと、辻褄《つじつま》が合うような気がします。隼人様、仰っていましたよね。最も激しく暴行を受けていたのは一人目で、二人目、三人目と、緩やかになっていたと。それはなぜかと言えば、奥野様たちはあくまで手術が目的で、殴る蹴るなどをしたい訳ではなかったからです。ただ同じ下手人の仕業だと見せかけるために、二人目と三人目にも暴行の痕をつけたのでしょう。おそらく亡くなった後で殴る蹴るをしたと思われますが、それが目的ではまったくないので、おざなりになってしまったのではないでしょうか。ちなみに私は、三人とも直接の死因は、手術の前に通仙散を真似して作った薬を飲ませたところ、それが効き過ぎてしまったため
ではないかと思うのです。蘭方医が分量の見当《よみ》を間違えて、か弱い女人たちには
強過ぎたのではないかと。そのような薬は異国では普通に使われているかもしれ
ませんが、異国人に合わせた分量ですと、日ノ本の女人にはどう考えても多いで
しょう」
「華岡青洲みたいに上手く作れねえだろうしな。なるほど……麻痺させる薬の調
合違い、分量違いってのはあるな。医者に死体を調べてもらったところ、毒を盛
られた疑いはなかったんだが、口に銀簪を入れて色が変わるのは、石見銀山《いわみぎんざん》、つ
まり毒みてえな代物《しろもの》だ。通仙散に使われているであろう朝鮮朝顔やトリカブトを
飲んでいたとしても、銀簪の色は変わらねえからな」
ちなみに腑分《ふわ》け、つまり解剖が許されるのは、重罪人の処刑後の死体のみであ
る。罪なくして死んだ者の屍《しかばね》に傷をつけるようなことはない。つまりはそのよ
うな者たちの胃ノ腑を切ってまで死因などを調べるということはなかった。
里緒の推理の鋭さに、隼人は今回もまた舌を巻く。里緒はお茶を一口啜ってか
ら続けた。

「私は、金色の偽髑髏を埋めたのも、奥野様だと思っています。髑髏といいますと、なにやら禍々しい印象がありますが、頭や顔と考えれば、また別の印象が生まれて参ります。かつては髑髏を拝む宗派もあったようなので、髑髏に禍々しい印象を持たない人々もいるのでしょう。奥野様もそのようなお考えなので、髑髏杯などを所有なさっていたのだと思われます。金色の偽髑髏も作っていらっしゃって、その一つに願《がん》をかけて、あそこに埋められたのでしょう」

「願ってのは、お嬢様の火傷の痕がよくなるように、か」

「はい。お嬢様の顔が綺麗に戻ってほしいという願いを込め、験担《げんかつ》ぎのような意味で、美しく咲く桜の木の下に埋められたのではないかと。それゆえ掘り起こされた偽髑髏は綺麗な箱に入れられ、丁寧に包まれ、馨しい香りが振りかけられていたのでしょう。埋めてあった場所は、白鬚神社の前だったといいますね。白鬚神社は七福神の寿老人《じゅろうじん》を祀っていて、寿老人には健康や長寿のご利益があります。そして健康は美にも繋がります。お嬢様の美と健康を祈ってのことだったのではないでしょうか」

「そうかもしれねえな。あれが掘り起こされた時、埋められてまだ間もないものとは察しがついたが、火事が起きた後で埋めたのなら、そりゃそうだよな。……

しかし、奥野殿は、掘り起こされたことは知っていたのだろうか。知っていたとして、金色の偽髑髏を埋めた場所の近くに、金箔を貼った死体をよく棄てたもんだ」

「どうでしょう。奥野様は、一番初めの死体を棄てた時は、偽髑髏が掘り起こされたことをまだご存じなかったのかもしれませんね。下世話な瓦版などには目を通していらっしゃらないのでは。それにあの時は確か、髑髏がすぐに偽物だと分かったので、それほど騒ぎ立てられなかったような覚えがあります。それゆえ奥野様のお耳にも届いていなかったのだと思われます。死体が見つかって大きな騒ぎになった時に初めてお知りになったとしたら、さぞ驚かれたことでしょう。金色の偽髑髏がまさか掘り起こされていたとはまったく知らなかったから、その近くに金箔を貼った死体を棄てるなどという無防備なことができたのではないでしょうか」

「その辺りは、少し計算が狂ったという訳だな」

「そうでしょうね。あの偽髑髏が見つかってしまっていたがゆえに、金箔が貼られた死体と何か関わりがあるのかどうか、関連付けられて怪しまれてしまいましたから。でも彼らは彼らで、それを逆手に取って、続けての殺しと見せかけて兄弟に罪をなすりつけるべく、二番目、三番目と小さな騒ぎのあった場所の近くに死体を棄てていったのでしょう」

隼人は小さく唸った。

「なるほどな。奥野殿は、それほど深くは考えていなかったかもしれねえしな。偽髑髏を埋めたのも、金箔を貼った死体を棄てたのも、自分だとは決して勘づかれないという自信があったのかもな。もしくは勘づかれても、裕福な旗本の立場で、どうにかなるだろうと。信長を真似たりする御方ならば、そのような性分であっても不思議ではねえ。奉行所の者たちなどに気づかれる訳がないと高を括っていたところ……どっこい、里緒さんに見破られちまったと」

「まだ、あくまで推測の段階です。でも、早くしなければ、近々五人目が出てしまうでしょう」

隼人は里緒を見つめた。

「四人目ではなくて、五人目かい？」

「はい。先日、両国橋の辺りで揚がった死体が、恐らく四人目だったと思われます」

「あれも、奥野殿たちの仕業だったというのか」

「そう思います。死体の棄て方を変えたのは、兄弟が捕まったことを知ったからでしょう。観見屋の思惑どおりに兄弟を嵌めることができたので、もう、兄弟の続けての犯行と見せかける必要がなくなったのです。兄弟が捕まった後も同じようにしていたら、下手人は別にいると疑われてしまいますもの。それゆえ、今度はあのような棄て方をしたのです。死体の顔の損傷が著しかったのは、やはり皮膚を切り取ったことを隠したからでしょう。流れてくる時に、杭にぶつかったり、魚に食い千切られたこともあるでしょうが、自分たちでも手を加えていたと思います」

「そうか……あの顔の損傷は、そういうことだったんだな」

「観見屋は、あくまで兄弟を陥れるために、あのように手の込んだ死体の棄て方をしていたのでしょう。手術で失敗した死体を、ただ始末するだけならば、どこかに埋めてしまえばよかったのですから」

隼人は腕を組み、呻いた。

「凄えぜ、里緒さん。里緒さんの推測に従うと、すべてが繋がり、理解できる」

里緒は真摯な面持ちで、身を乗り出した。

「隼人様。恐ろしい目に遭う人を、これ以上増やしたくありません」

「確かにな。観見屋は半太と亀吉に交互に見張ってもらっているから、奥野殿にも見張りをつけるぜ。おかしな手術などを続けているのなら、近いうちにまた必ず動きを見せるだろう」

「よろしくお願いいたします」

隼人は力強く頷き、まだ残っている海老煎餅を摑んで、頬張った。

三

隼人は寅之助親分に頭を下げて、盛田屋の若い衆たちをまたも貸してもらい、交替で本所にある奥野の屋敷を見張らせた。半太と亀吉には引き続き、観見屋を徹底して見張ってもらう。

すると、月がほぼ見えなくなってきた夜、動きがあった。観見屋源蔵が宝泉寺《ほうせんじ》駕籠に乗って、家をこっそり出たのだ。気取られぬようにその後を尾けていくと……観見屋が向かった先は、奥野の屋敷だった。

近頃では、このような噂が瓦版を賑わせていた。神田《かんだ》は於玉ヶ池《おたまがいけ》に夜な夜な人魚が現れるというのだ。人魚は白く美しく、長い髪を揺らして泳ぐ姿は実に艶《あで》やかなものであると。その人魚を一目見ようと、夜の於玉ヶ池を訪れる者が増えているようだ。

——これまでは、妙な噂が立ち、その騒ぎが落着した頃に、死体が見つかっている。だが、下手人どもは、もはや落着まで待ってはいねえだろう。少しでも早く、次の獲物を連れてきたいはずだ。兄弟を陥れたんで、もうあいつらの仕業と見せかける必要はねえからな。

隼人は気を引き締め、見張りをいっそう強化した。

数日後、観見屋の手下二人が、夜更けにこっそり裏口から出ていった。二人は宝泉寺駕籠を担いでいるが、中には誰も乗っていないようだった。

月明りがない夜、手下たちは原庭町を抜け、隅田川に沿って進み、回向院を過ぎ、相生町《あいおいちょう》まで来ると草むらに身を潜めた。少し離れたところで、半太と亀吉が目を光らせている。

女が通りかかった時、手下たちは飛び出した。女に襲いかかり、羽交い締めにする。咄嗟のことで、女は悲鳴を上げることもできず、鳩尾《みぞおち》を殴られて気を失ってしまった。手下たちが女を引きずって駕籠に乗せようとしたところで、半太と亀吉が駆け寄った。

「てめえら、何をやってんだ！」

半太は手下の一人を勢いよく蹴り上げ、亀吉はもう一人を思い切り殴り飛ばす。二人は威勢よく、瞬時に悪者を伸《の》してしまった。

半太が自身番の番人を呼んできて、手下たちは連れていかれた。それから亀吉が急いで隼人に報せにいき、隼人は相生町の自身番へと走った。観見屋の手下を締め上げて、すべてを白状させる。取り調べを終える頃には、夜が明けていた。

手下たちの話によれば、おおよそ里緒の推測どおりだった。隼人は目を擦りながら、朝日を眺めた。

――またしても里緒さんの勘働きのおかげってことか。雪月花には、もう足を向けて眠れねえな。

隼人はそのまま観見屋へと向かった。半太が既に見張りに戻っていた。隼人は半太とともに観見屋へ乗り込み、源蔵に凄んだ。

「お前さんの手下たちがすべて吐いたぜ。お前さんにもちょっと話を聞かせてもらおうか」

額に汗を滲ませる源蔵に縄をかけ、隼人は引っ張っていった。

源蔵は自身番で取り調べを受けた後、奉行所へと送られた。吟味方の厳しい調べで、源蔵もすべてを正直に語った。

里緒の推測どおり、奥野の娘のために、若い女たちがどうしても必要であったこと。奥野が蘭方医に、皮膚の移し替えの手術をさせようとしていたこと。だがやはり難しく、失敗続きで、その結果、連れてきた女たちが皆、死んでしまったこと。その死体の始末をどうしようかと考えた挙句、妾の息子たちに罪をなすりつけようとしたこと。

観見屋は項垂れながら証言した。一人目の女を拾った時にはまだ息があったが、連れ帰って手術を試したところ命を落とした。どうやら通仙散もどきの薬が躰に合わなかったようだった、と。

里緒が察したように、観見屋は奥野に、砂糖の裏取引の後ろ盾になってもらっていたので、彼の言うことを聞かない訳にはいかなかったという。

観見屋源蔵は死罪の裁きを受け、観見屋は闕所《けっしょ》となった。

旗本の奥野は、評定《ひょうじょう》にかけられた。旗本を取り調べる目付《めつけ》の詰問に、奥野は淡々と答えた。

奥野は子供の頃から織田信長に憧れていて、信長を真似て、髑髏杯を作って所持していたという。それで酒を呑むのは最高だったらしい。

奥野は一風変わった男で、金色の偽髑髏もいくつも作っていた。奥野は髑髏をおぞましいものとは少しも思わず、特に金色のそれは、彼にとっては富や栄光や知力の象徴だったようだ。髑髏を愛でる奥野は、金色の髑髏の一つ一つに、自分をはじめ奥方や子供たちの名前をつけていた。

そして奥野は、火傷を負った娘の名をつけた金色の髑髏を、娘の顔が綺麗に戻ってほしいという願いを込めて、美しく咲く桜の木の下に埋めたのだった。家来に命じて埋めさせたのだが、その場所に白鬚神社の前の桜を選んだのは、里緒が察したとおりであった。白鬚神社は寿老人を祀っており、寿老人は長寿や健康にご利益があるからだ。

奥野は最後に涙を見せた。ただひたすら娘の傷を元通りにしたかっただけで、女たちを殺す気などは微塵《みじん》もなかったと、声を震わせた。

その気持ちは、目付にも老中にも伝わったが、奥野には切腹が言い渡された。自分の勝手な都合で、ほかの人の命を軽く見ることは、どのような訳があっても許されることではなかった。

奥野に手を貸した蘭方医も、死罪となった。

駕籠昇きの庄介は、女に激しく暴力を振るったという咎で、島流しを言い渡された。

江戸から八丈島《はちじょうじま》へ送られる朝、隼人は半太と亀吉とともに、見送りにいった。

皐月《さつき》晴れの空の下、隼人は庄介の肩を叩いた。

「八丈島は近場だし、真面目にやってりゃ、帰ってこられることもあるだろうよ」

「躰に気をつけて」

「しっかりな」

半太と亀吉にも声をかけられ、庄介は笑顔を見せた。

「ご迷惑おかけして、申し訳ありませんでした。旦那たちのおかげで、命拾いしました。感謝の言葉もありません」

庄介は深く頭を下げる。隼人はその背をさすった。

「いろいろあっても、生きてりゃどうにかなるぜ。庄介、生きろよ。そのうち、いいことがあるぜ、絶対に」

「はい。……旦那」

庄介は声を震わせながら、ゆっくりと頭を上げる。そして、顔を強張《こわば》らせた。母親のお留の姿が目に入ったからだ。お留には、弟の庄次が付き添っていた。立ち竦んでしまった庄介のほうへ、お留はゆっくりと歩んでくる。お留は途中で頽《くずお》れ、土の上で平伏した。

「悪かったよ。……庄介、許しておくれ」

お留は、地面に顔を擦りつけるようにして謝る。お留の目から涙がこぼれて、土へと落ちて滲んだ。

「母さん」

弟の庄次が駆け寄り、お留の背をさする。その姿を眺め、庄介は拳を握った。

庄次は、兄が暴力を振るうのを黙って見ていた、女を置き去りにするのを手伝ったという咎で、江戸払いとなった。

お留は、観見屋が奥野と組んでしていたことに、まったく気づかなかったという。観見屋が捕まり、息子たちを陥れようとしていたことを知ると、酷い衝撃を受けて倒れたそうだ。今までのことを深く反省し、どうしても庄介に一言謝りたくて、今日こうして訪れたのだろう。

庄次は兄に伝えた。

「母さんは行くところがなくなっちまったから、俺が面倒をみることにした。草《そう》加《か》には叔母さんがいるだろう。あの辺りに行ってみようと思う」

庄介は黙って小さく頷く。庄次の隣で、お留が涙ながらに訊ねた。

「お前の帰りを、庄次と一緒に待っていてもいいかい」

庄介は俯き、暫《しば》しの沈黙の後、答えた。

「そうしてくれると嬉しいよ、おっ母さん」

お留は庄介ににじり寄った。

「大切なものって、手放してみて、初めて本当に分かるんだね。それが自分にとって、どんなに大切だったかって。ごめんね、庄介。莫迦なおっ母さんで。これ、持っていっておくれ」

お留は庄介に、風呂敷包みを押しつける。中には、暮らしに必要なものや、いくらかの金子も入っているようだ。お留は庄介の頬にそっと手を触れる。庄介は風呂敷包みを受け取り、目を微かに潤ませた。

庄介を乗せた舟が出ていくのを、皆で見送った。

「元気でな」

半太と亀吉が叫ぶ。

「待ってるからね！　無事に帰ってくるんだよ！」

お留は涙をこぼしながら、庄介に向かって手を振り続ける。庄次はその隣で、母親を支えていた。


隼人が気懸かりだったのは、顔に火傷をしたという、奥野の娘の佳津江《かづえ》のことだった。

奥野は切腹となり、家は改易となったので、残された家族は屋敷を離れなければならなくなった。もちろん佳津江の縁談もすべて帳消しとなった。

――佳津江さんは、酷く心を痛めただろうな。顔の傷もまだ治っていないだろうし、気鬱にならなければよいが。

隼人が心配していると、先輩同心の鳴海が教えてくれた。佳津江は母親と兄と一緒に巣鴨《すがも》に移り住み、医者のもとで漢方による治療を受けつつ、その診療所で手伝いをするようになった、と。

「佳津江さんは自ら、腕のよい医者を探して、診てもらったそうだ。そこに通い、もらった薬を塗っているうちに、少しずつよくなってきたという。佳津江さんは、医者に薬についてよく質問したりしていたそうだ。その熱心で真面目な態度を見込まれて、診療所の手伝いをしながら、漢方のことを学び始めたらしい。いつか自分が作った薬で、火傷の痕をすっかり治しちまうかもな」

「そうですか。ならば、よかった。道を見出されたってことですな」

佳津江は、隼人が心配していたほど弱い女ではないようだ。自分の道を歩き始めた佳津江に、隼人は心の中で声援を送った。

佳津江は自分のために犠牲になった女たちに対して甚《はなは》だしく申し訳なく思っているようで、彼女たちの供養も欠かしていないという。

隼人が佳津江の近況を報せると、里緒も安心したようで、目を微かに潤ませた。


皐月も半ばとなり、雨の日が多くなってきた。梅雨が明ければ、今月の二十八日には両国で花火が打ち上げられ、川開きとなる。一年で最も賑やかな季節の到来だ。

大火が起きて二月が過ぎた。被害に遭った人々も、それぞれ住まいや仕事を見つけ、新たな暮らしを始めている。だが、御救小屋をまだ離れることができない人々もいた。年老いた者たちや、躰を壊してしまった者たち、親と死に別れてしまった子供たちなどだ。そのような子供たちの中には、志願して寺へ入る者もいたが、多くは気持ちが定まらないまま、御救小屋に残っているのだった。

そのような人々を励ますためにも、里緒は今日も笑顔で御救小屋へと向かう。幸作と、せせらぎ通りのお蔦とお篠とともに。

梅雨の合間の、晴れ渡る空の下、里緒たちは姉さん被りに襷がけで、張り切って料理を作る。マグロをぶつ切りにして、葱と一緒に鍋で煮る。マグロは、幸作が魚屋からただ同然でもらったものだ。葱は、せせらぎ通りの皆で、お金を少しずつ出し合って手に入れた。マグロと葱、ねぎま汁の旨みのある匂いが、湯気とともに青空へと立ち上る。

幸作は今日も大きな声で、皆を並ばせていた。

「はい、押さないで。慌てなくても、お腹いっぱい食べられますよ」

その姿を眺めながら、お篠が里緒に耳打ちした。

「なんだか、御救小屋にいる人たち以外も、集まってきてない?」

「そうよ。どう数えたって多過ぎるわ。近所の人たちも紛れ込んでるわよ、絶対」

お蔦も目を剝く。里緒は笑った。

「まあ、よろしいではありませんか。私たちの炊き出しの料理が美味しいって、この辺りで評判になっているみたいですから。ご飯もたっぷりありますし」

炊き上がったご飯に、ねぎま汁をかけて、ねぎま丼のできあがりだ。お篠とお蔦は顔を見合わせ、微笑んだ。

「けちけち言わないでおこうか」

「そうね。多くの人に味わってもらいましょう」

熱々のねぎま丼を振る舞われ、皆、相好《そうごう》を崩す。その笑顔を見ると、里緒たちも嬉しくなってしまう。里緒はせっせとご飯をよそい、ねぎま汁をかける。

張り切る里緒を、隼人は少し離れたところから見守っていた。その姿に見惚れていたのだ。清々しい風が吹き、不意に、二人の目が合った。里緒に笑顔で会釈をされ、隼人は照れくさそうに頭を搔く。

二人とも言葉には出さなくても、分かっている。不思議なことや奇妙なこと、悲しいことや辛いことも多々あって、いつ何が起きるか分からない世だけれど、どんなことが起きても笑顔で励まし合い、立ち向かっていきたいと。

光文社文庫

文庫書下ろし／長編時代小説

香《かお》り立《た》つ金箔《きんぱく》　はたご雪月花《せつげつか》㈢

著　者　有《あり》馬《ま》美《み》季《き》子《こ》

2022年5月20日　初版1刷発行

発行者　鈴木広和
印　刷　新藤慶昌堂
製　本　フォーネット社

発行所　株式会社　光文社
〒112-8011　東京都文京区音羽1-16-6
電話　(03)5395-8149　編集部
8116　書籍販売部
8125　業務部

© Mikiko Arima 2022
落丁本・乱丁本は業務部にご連絡くだされば、お取替えいたします。

ISBN978-4-334-79367-8　Printed in Japan

R ＜日本複製権センター委託出版物＞
本書の無断複写複製（コピー）は著作権法上での例外を除き禁じられています。本書をコピーされる場合は、そのつど事前に、日本複製権センター（☎03-6809-1281、e-mail : jrrc_info@jrrc.or.jp）の許諾を得てください。

組版　萩原印刷

本書の電子化は私的使用に限り、著作権法上認められています。ただし代行業者等の第三者による電子データ化及び電子書籍化は、いかなる場合も認められておりません。

# 藤原緋沙子

## 代表作「隅田川御用帳」シリーズ

江戸深川の縁切り寺を哀しき女たちが訪れる——。

第一巻 雁の宿
第二巻 花の闇
第三巻 螢籠
第四巻 宵しぐれ
第五巻 おぼろ舟
第六巻 冬桜
第七巻 春雷
第八巻 夏の霧
第九巻 紅椿
第十巻 風蘭
第十一巻 雪見船
第十二巻 鹿《は》鳴《ぎ》の声
第十三巻 さくら道
第十四巻 日の名残り
第十五巻 鳴き砂
第十六巻 花野
第十七巻 寒梅〈書下ろし〉
第十八巻 秋の蟬〈書下ろし〉

光文社文庫

# 稲葉 稔
## 「研ぎ師人情始末」決定版

人に甘く、悪に厳しい人情研ぎ師・荒金菊之助は
今日も人助けに大忙し——人気作家の〝原点〟シリーズ!

(一) 裏《うら》店《だな》とんぼ★
(二) 糸切れ凧《だこ》★
(三) うろこ雲★
(四) うらぶれ侍★
(五) 兄妹《きょうだい》氷雨《ひさめ》
(六) 迷い鳥
(七) おしどり夫婦
(八) 恋わずらい
(九) 江戸橋慕情
(十) 親子の絆
(十一) 濡れぎぬ
(十二) こおろぎ橋
(十三) 父の形見
(十四) 縁むすび
(十五) 故郷《さと》がえり

★は既刊

光文社文庫